奇迹海岸

每一次海浪都将梦想变为现实

Translated to Chinese from the English version of
Shores of Wonder

Maheshwara Shastri

Ukiyoto Publishing

All global publishing rights are held by

Ukiyoto Publishing

Published in 2024

ISBN 9789360165284

www.ukiyoto.com

致我亲爱的家人

没有你们的支持、鼓励和对我的信任，这本书是不可能完成的。在整个旅程中，您一直是我的灵感和动力，我永远感谢您对我坚定不移的爱和信任。

感谢我的父母，感谢你们向我灌输了努力工作、坚持不懈和奉献精神的价值观。您的指导和智慧使我成为了今天的我。

感谢我的兄弟姐妹和他们的配偶、侄女和侄子，感谢你们成为我最大的粉丝，感谢你们一直为我加油。你们对我工作的热情和兴奋让我充满动力和动力。

感谢我的配偶，感谢您的耐心、理解和无条件的爱。你们的支持和鼓励给了我追求梦想和实现目标的力量。谨以此书献给你们所有人，并致以我的全心全意和感激之情。我希望它能给您带来快乐、灵感和对我们共同取得的成就的自豪感。

带着爱和欣赏，

马赫什瓦拉·沙斯特里

在本书中，你可以找到

《奇迹海岸》是一个引人入胜的海岸故事，邀请读者踏上一段迷人的旅程，将平凡变成非凡。跟随布巴揭开海滨世界的神秘面纱，发现隐藏在内心深处的真正宝藏。

- 前言 -

以一种奇怪但并不令人惊讶的方式，我想告诉那些手里拿着这本书的人，此时此刻一定还活着，呼吸，感受触摸，感受到他们脑海中的某些东西，而此时，你的心已经向整个神经系统泵出了几毫升的血液。

这些事情你都知道，但你却什么都不知道。你没有决定成为你，你的父母也没有。你不知道自己从哪里来，也不知道自己将去往何处。你不知道你的第一次呼吸，就像你也不知道你的最后一次呼吸一样。你认为你知道一切，但相信我，你并不知道。你认为你可以对生活中的任何事情做出决定，但你永远不知道你的生活已经被预定了。你来这里的原因不仅仅是偶然，而是因为你应该在这里。你按照计划来到这里，没有错误的计划，最精确的计划。

您有没有想过谁让您的生活变得精确?

如果您可以在一生中探索预定的精度，会怎样?

闭上眼睛，想象自己为零；你的体型比这个星球上最小的物种小一万亿倍。花点时间想象一下，然后开始阅读。

我们希望您享受奇迹海岸的旅程。

旅行的行为涉及在特定的时间和预定的时间表被引导到目的地。几乎每个人都喜欢旅行，即使是最年轻的人也想与他人一起旅行。

同样，每个人都期待着参观自己喜欢的地方。有些人可能会说他们无法旅行；有些人可能会说他们无法旅行。如果旅行太多，他们可能会感到疲惫和压力。

事实是，每个人一生中至少必须旅行一次。每个众生都必须踏上旅程。如果旅程没有终点、没有特定地点或没有时间怎么办？是的，我不是在告诉你去参加婚礼或度假。我正在告诉你生命的旅程，提前九个月开始，等待数十万的名单，作为一个蹒跚学步的孩子哭泣，看着我们母亲的初恋，这就是生命的旅程。

我们在旅途中，我们的家是一辆车，我们的父亲是司机和经理，而我的母亲坐在车的一角，给我讲故事，直到我的车站到达，享受旅程的各个方面，并充当好孩子的角色。一路引导。母爱永远无法忘记，母爱永远无法偿还。

据说，我们自己的车站一到，就必须下山。下车后，车子还会继续载人，人永远在生命的车子里，故事讲述的是他如何在无人看见的情况下到达车站，以及接下来要奋斗的是什么。

马赫什瓦拉·沙斯特里
作者

在本书中，你可以找到

《未知水域》

很久以前，日子是极其现实的，想象力是惊人的生动；现实隐藏了自己，每个人的脸上都充满了迷恋。在一个渴求知识、充满善良灵魂的世界里，一朵独特的花朵正在绽放。

布巴 (Bubba) 是 Nerissa 和 Morvane 所生，这对夫妇在卡纳塔克邦图鲁纳杜 (Tulunadu) 地区的海岸安了家。

妮莉莎认为自己作为一名渔夫的妻子是有福的，她将自己的一生完全献给了莫凡、她的丈夫和他们心爱的儿子布巴。

对于勇敢的渔夫莫尔瓦尼来说，他大部分时间都在灼热的天空下在阿拉伯海最寒冷的海浪中航行，整个海洋就是他的宇宙。莫尔瓦尼每天都在卡纳塔克邦海岸附近的一艘波斯渔船上工作。

他的事业赋予了他的人生更大的意义。即使作为一名普通的船工，他也是该船的非正式船长，是船舶相关事务和捕鱼技术的技术专家。由于 Morvane 在捕鱼过程中提出的想法和建议，船主见证了产量和收入的两位数增长。

布巴七岁那年，对他来说是一个快乐的日子。他热切地等待父亲回来，知道会发生什么：礼物、蛋糕和巧克力，这是孩子们的习惯。

在那个特殊的日子里，布巴的兴奋之情溢于言表。这个小男孩继承了父亲对海洋及其奥秘的迷恋。他经常和他的母亲尼丽莎一起耐心地修补渔网，等待她丈夫的归来。

太阳开始落山，给沿海村庄投射出温暖的金色光芒。狭窄的街道上回荡着孩子们的笑声，他们玩着游戏，赤脚在柔软的沙滩上跳舞。这是一种简单的生活，但充满了爱和共同的梦想。

傍晚时分，村民们聚集在岸边，等待渔船归来。布巴站在水边，眯起眼睛第一眼看到他父亲的船。今天，他的父亲答应分享一个来自海上的非凡故事，这个承诺让布巴一整天都兴奋不已。

终于，远处，渔船的灯光开始闪烁，就像地平线上遥远的星星。布巴看着船越来越近，心跳加速，其中一艘是他父亲的。莫凡的船装饰着明亮的彩色旗帜，这表明他们已经成功捕获了鱼。

船靠岸后，村民们赶紧帮忙卸下渔网。然而布巴却难以抑制自己的兴奋，冲向他的父亲。当莫凡将他高高举向空中时，他被包裹在一个温暖而咸味的怀抱中。

“爸爸，你钓到了海里最大的鱼吗？”布巴睁大眼睛，热切地问道。

Morvane 大笑起来，揉乱了儿子的头发。“我们可能没有钓到最大的鱼，我的孩子，但我们有一个让你心跳加速的故事。”

随着村民们围拢过来，莫凡开始了他的故事。他描述了充满无情的波浪和危险的风的一天，他们的网捕获了一个非凡的发现。他们拖上的不是鱼，而是一个板条箱，上面密封着他们无法辨认的标记。

布巴的好奇心被激起，他专心地听着父亲继续说道。在板条箱内，他们发现了古老的卷轴、复杂的地图和一把神秘而华丽的钥匙。这一发现激发了船员们的想象力，他们现在掌握了揭开隐藏宝藏位置的潜力。

村民们对这个故事感到惊叹不已，脸上流露出兴奋和好奇。发现失落已久的宝藏的潜力让空气中充满了感染力。莫凡的船很快就变成了新冒险的核心。

布巴简直不敢相信自己的运气。一想到能陪伴父亲完成这一激动人心的任务，他的心就飞扬起来。当他和父亲准备踏上冒险之旅时，他的探索和奇迹梦想即将成为现实，这次冒险将带他们远离熟悉的图鲁纳杜海岸。

他们几乎不知道，这只是一段旅程的开始，这段旅程不仅会揭开过去的秘密，还会揭开他们内心隐藏的潜力，真正的宝藏在于他们将建立的纽带、他们将学到的教训以及未来的未来。他们将在这次非凡的航行中留下遗产。

他们的冒险即将揭开世界隐藏的面纱，梦想与现实交织在一起，每一次发现不仅揭示了世界的奇迹，也揭示了他们内心的奥秘。尼莉莎轻轻摇晃布巴，手指梳理着他凌乱的头发。

“布巴，该起床了。”她轻声说道，声音轻柔、舒缓。

布巴在睡梦中惊醒，他的梦像晨曦中的薄雾一样慢慢消散。他仍半沉浸在自己的想象世界中，咕哝道：“再等一会儿，妈妈。”

但尼丽莎坚持了下来，因为她知道接下来的一天也将迎来真正的冒险。她倾身靠近，带着一丝温暖和紧迫地说：“布巴，太阳正在升起，村庄在等待。是时候迎接这一天了。”

慢慢地，布巴睁开了眼睛，隐藏的宝藏和海上任务的生动梦境被他房间里舒适的现实所取代。他眨了眨眼睛，适应了透过窗户的晨光。

尼丽莎微笑着，眼中流露出对儿子的爱。“亲爱的，早安。”布巴也报以微笑，但他仍处于梦境与清醒的世界之间。“早上好，妈妈。”尼丽莎轻轻一推，鼓励布巴起身开始新的一天。尽管伟大冒险的梦想可能随着早晨的到来而消失，但在他们的家外、沿海村庄的中心，每天都会有新的奇迹等待着他们。

当布巴站起来迎接这一天时，他情不自禁地带着他梦想世界的一部分。世界隐藏的一面仍然在招手，充满了海洋的神秘和想象的魔力。谁知道现实生活中的冒险即将来临，等待在清醒世界的怀抱中被发现？

布巴看着母亲，眼睛里闪烁着希望的光芒，心里充满了终于可以庆祝生日的期待。“妈妈，爸爸去年答应的，这次会带蛋糕来吗？”他问道，声音里带着兴奋。

尼莉莎凝视着她的儿子，眼中夹杂着爱与悲伤。她知道去年的承诺是在乐观的时刻做出的，但他们的财务状况并没有改善。她用温柔、低沉的语气开始解释：“布巴，你知道你的父亲在渔船上孜孜不倦地工作，但大海却变幻莫测。有时，我们捕到的鱼没有我们希望的那么多，而且很难攒钱买蛋糕之类的东西。”

布巴充满希望的表情开始动摇，他皱起了眉头。“但是其他孩子生日时都有蛋糕，妈妈。我见过他们。”

尼丽莎握着儿子的手，她的心因他的期望而沉重。“我明白，亲爱的，我希望我们能像他们一样拥有一个蛋糕。但请记住，我们拥有比任何蛋糕都更珍贵的东西——我们拥有彼此，还有家人的爱。你的父亲今年可能无法带来蛋糕，但他每天都会带来更有价值的东西——他的辛勤工作、他的奉献精神以及他对我们的爱。”

布巴的失望挥之不去，但他慢慢地点了点头，理解父亲为家庭做出的牺牲。“我知道，妈妈。我只是觉得今年可能会有所不同。”

尼丽莎紧紧地拥抱她的儿子，让他放心，“每一年都有它自己的特别之处，布巴。今天，我们将找到一种方式用我们所拥有的爱和温暖来庆祝你的生日。让我们以我们自己独特的风格让这一天变得难忘。”

这句话让母子俩分享了一段亲密的时刻，重申了他们家庭纽带的力量。尽管蛋糕仍然遥不可及，但他们的爱和坚韧将成为布巴生日庆祝活动中最甜蜜的成分。

夕阳西下，给海边的村庄镀上一层温暖的金色。空气中充满了孩子们的笑声和兴奋的叽叽喳喳声，他们在柔软的沙滩上玩耍，眼睛不时地扫视着地平线。这时，村民们聚集在水边，焦急地等待着渔船归来。

尼莉莎站在人群中，她的目光紧张地从大海转向她的儿子布巴，他与其他孩子分开，专心地注视着驶近的船只。她的心因担心而疼痛，她知道布巴正在热切地等待他的父亲莫凡，并想知道他今年是否会带来礼物。

莫文是一位非常勤劳的渔夫，他从来没有辜负过家人的养家糊口，但大海的不确定性有时意味着空手而归。尼丽莎以前见过这种情况，她知道，如果她的丈夫没有什么可提供的回来，他的儿子眼中会露出失望的表情。

当船越来越近时，彩色的旗帜在咸咸的微风中飘扬，尼丽莎的心因期待和恐惧而狂跳。她知道莫凡是一个守信用的人，他答应给布巴一个特别的生日惊喜。但大海变幻莫测，渔获量永远无法保证。

妮莉莎深吸一口气，握住儿子的手，低声说道："布巴，不管你父亲带回来什么，记住，他爱你胜过爱海洋的宝藏。"

布巴点点头，他的目光始终没有离开过小船，眼神中夹杂着兴奋和担忧。妮莉莎希望莫凡的回归不仅能带来鱼，还能带来欢乐和爱，让布巴的生日变得真正特别。

当船只终于靠岸，村民们纷纷赶来帮忙捕捞时，尼丽莎和布巴屏住了呼吸，等待着莫凡熟悉的身影。接下来的时刻不仅揭示了当天的收获，还揭示了他们家庭内部的爱和理解的深度。

莫凡提着一个大篮子，里面装满了闪闪发光的鱼，踏上岸边，心情轻松起来，脸上挂满了欣喜若狂的笑容。这一天过得很充实，他迫不及待地想与家人分享他的喜悦。

船的绳索已固定好，鱼也已安全存放，莫凡没有浪费任何时间。他跑向正在屏息等待的尼莉莎和布巴。村民们注意到他的匆忙，好奇地看着莫凡走近他的家人。

尼丽莎的目光与她丈夫的目光相遇，她看到了他目光中的兴奋。当布巴看到父亲带着为他生日准备的特别惊喜冲向他们时，他的脸上充满了期待。

莫凡跪在儿子面前，一篮子鱼放在他身边，低声说道："布巴，你等这一天已经等得够久了。我可能没有蛋糕，但我有更好的东西。"

说着，他把手伸进篮子里，取出了一根做工精美的木质鱼饵，在阳光下闪闪发光。它被雕刻成一条鱼的形状，细节复杂，并涂有鲜艳的色彩。

当布巴把礼物拿到手里时，他惊讶地睁大了眼睛，一种惊奇的感觉涌上心头。"太完美了，父亲！谢谢你！"

妮莉莎看着她的丈夫和儿子，她的心不仅因为这份体贴的礼物而温暖，还因为她在莫凡眼中看到的爱和自豪。这是一个值得庆祝的日子，不仅是为了庆祝布巴的生日，也是为了庆祝他们一家人的紧密联系。村民们目睹了这感人的时刻，都忍不住笑了。他们明白，虽然莫凡可能从海里带来了鱼，但真正的财富是在海边这个可爱的日子里围绕着布巴和他的家人的爱和团结。

当夜幕降临在他们简陋的家中时，妮莉莎和莫凡坐在一起，他们的声音在昏暗的烛光下变得安静。布巴躺在床上，好奇而又不引人注目，忍不住偷听父母的谈话。

莫凡脸上带着一丝悲伤，说道："妮莉莎，今天的收获比大多数时候都好，不过也勉强够付这里的房租了。海洋提供了一切，但也提出了要求。"

尼莉莎的眼睛里闪烁着理解和关心的光芒。"我们一直都能成功，亲爱的。我们拥有彼此，这才是最重要的。但我不禁担心我们布巴的期望。他正在成长，他看到了其他孩子所拥有的一切。"

莫凡叹了口气，肩上的担子很重。"我想让他的生日变得特别，给他比平常更多的东西。我今天送的礼物...我真的没有足够的钱来买它。我必须让别人觉得我赚了更多。"

布巴听到父亲的忏悔，心情复杂。他欣赏美丽的鱼饵，但他也理解父母为让他的这一天变得特别而做出的牺牲。他默默发誓要更加珍惜他们的爱情。

妮莉莎伸出手握住了莫凡的手，脸上挂着温柔的微笑。"亲爱的，礼物的价值并不重要。重要的是背后的爱。布巴知道你爱他，这是最伟大的礼物。"

布巴在床上闭上眼睛，感激他所拥有的家庭以及将他们联系在一起的爱。那天晚上，他带着对父母为他所做的牺牲充满理解和深深的感激之情睡着了。

《儿子的承诺》

第二天早上布巴醒来时，太阳刚刚升起。他悄悄地从床上爬起来，决心要做出改变。他不想让父亲独自承担起全家的希望和梦想。

他蹑手蹑脚地走进厨房，尼丽莎已经在那里准备早餐了。布巴走近他的母亲，低声说道："我想帮助爸爸、妈妈。我想成为他斗争的一部分。"

尼丽莎微笑着，被儿子的认真所感动。"你已经是快乐的源泉了，布巴。不过你想怎么帮忙呢？"

布巴的眼睛里闪烁着坚定的光芒。"我可以修补渔网并帮忙做其他家务。我想减轻父亲的负担，这样他就不必假装我们拥有的比我们拥有的更多。"

妮丽莎拥抱着儿子，心中充满了自豪。"亲爱的，你的父亲会感谢你的帮助。我们将作为一个家庭共同努力，共同应对遇到的任何挑战。"

布巴致力于家庭福祉的舞台已经搭建好了。随着新一天的黎明，他踏上了共同奋斗和胜利的旅程，准备与父亲并肩度过他们在海岸的生活，那里的每一个日出都带来新的希望和新的可能性。

莫文意识到家人面临的经济压力，决定充分利用这两天不在海上的时间。他走到最近的船库，一个他熟悉的地方，并提供了作为机械师的服务。车库老板欢迎他的帮助，因为他知道莫文的技能非常宝贵。

当莫凡在一艘船的发动机上辛勤工作时，一位拥有相当财富和影响力的人走进了车库。他衣着得体，举止中透着一股威严。向来对自己名声很谨慎的车库老板，对这位富翁毕恭毕敬地打招呼。

然而，这位富翁也有自己的名声——残酷地行使权力。他指着一艘最近维修过的船，声称维修没有达到他的高标准。他要求全额退款，并威胁要利用自己的影响力损害车库老板的生意。

车库老板在维护自己的名誉和避免激怒富人之间左右为难，犹豫了。无意中听到激烈交锋的莫凡感到一种不公平的感觉。他知道车库老板提供了优质的服务，强迫他退款是不公平的。

莫凡下定决心，找到车库老板说："我支持我们在这里所做的工作。这是最高品质的，而这个人的要求是不公正的。让我代表你发言吧。"

车库老板感谢莫凡的支持，点头同意，然后莫凡转向富翁，平静而坚定地解释说，船上的工作确实是一流的。他指出，该男子提出的问题很小，与车库的服务无关。

这位不习惯受到挑战的富翁被莫凡坚定的立场吓了一跳。经过一段紧张的时刻后，他不情愿地同意支付服务费用，因为他意识到自己操纵局势的尝试失败了。

当富翁离开车库时，莫凡的行为赢得了车库老板、他的同事以及目睹这场对峙的顾客的钦佩和尊重。他们在莫文身上看到了一个正直而勇敢的人，一个即使在逆境中也能坚持正义的人。

对于 Morvane 来说，这是一个重申的时刻。他那天的行为不仅证明了他的品格，也是对自己的承诺，他将尽一切努力诚实和有尊严地养活家人。

在莫凡与富人作对后，布巴不禁受到父亲坚定不移的原则和采取行动的意愿的鼓舞。当布巴看着父亲在船库担任机械师时，他开始理解正直的真正含义以及做正确事情的重要性。

考虑到父亲的教训，布巴决定也想为家庭的福祉做出贡献。当他注意到一艘富人的船停靠在港口时，他看到了一个机会。他毫不犹豫地找到船主，询问是否有可能成为船员。

富翁被布巴的决心和真诚的态度所打动，给了他一个机会。布巴很高兴找到了一份工作，他向自己保证，他会像他父亲一样勤奋工作，充分利用这个机会。

布巴那天学到了一个重要的教训——“想做”和“我做了”之间的差异往往可以归结为毫不拖延或拖延地采取单一行动。有了这种新的理解和父亲的价值观作为他的指路明灯，他准备好迎接自己在海岸之旅中的挑战和回报，每一刻都带来成长的希望和做出改变的机会。

布巴决心为家人的福祉做出贡献，因此他抓住了在富人的船上工作的机会。不过，他还年轻，经验不足，对于渔民的生活还有很多东西需要学习。

在出发的那天，布巴黎明前就到达了港口，渴望证明自己的价值。这艘船比他预想的更大、更雄伟，木结构高耸在他的头顶上。当他走上甲板时，广阔而令人畏惧的大海的现实赫然出现。

布巴不知道的是，他登上的船注定要进行一次长途捕鱼探险，冒险远离他熟悉的村庄海岸。这位富人的船以其雄心勃勃的航行而闻名，在未知的水域寻找更多的渔获。船员们大多是经验丰富的渔民，他们好奇地看了布巴一眼。他们看到了他眼中的决心，但也认识到他缺乏经验，不知道未来的挑战。布巴的纯真和热情感动了他们的心，他们决定收留他。

随着船离海岸越来越远，海面也变得更加汹涌，浩瀚的海洋向四面八方延伸。布巴最初对这次冒险感到兴奋，但很快就意识到这次旅程的艰巨性。他看着经验丰富的渔民在无情的阳光下撒网，不知疲倦地工作。

几天又几周过去了，布巴的决心受到了考验。工作对体力的要求、无情的阳光和不断变化的大海情绪都对他们造成了损害。他想念他的家人和他长大的熟悉村庄的安全。

但随着旅程的继续，布巴对大海和渔民的尊重加深了。他了解了团队合作的重要性、撒网和拖网的艺术以及海洋的节奏。他还意识到父亲教给他的关于正直的宝贵教训。

布巴的冒险经历让他远离了村庄，但也让他更加了解父亲的挣扎和家庭团结的重要性。在海上的每一天，他都变得更坚强、更明智，他默默地发誓要带着对家人的生活和父亲所做的牺牲的新的感激之情回到家人身边。

布巴没想到，这次意想不到的航行不仅会揭开海洋宝藏的面纱，还会加深对布巴的理解，以及将他与家人联系在一起的持久纽带。

布巴最初相信这艘船很快就会返回他的村庄，这让他满怀热情地拥抱船上的新体验。他曾与经验丰富的渔民一起工作，渴望证明自己的价值，并与船员们建立了深厚的友谊。大海成了他学习的学校，船成了他的第二个家。

然而，随着时间一天天过去，海岸线只剩下遥远的记忆，布巴开始意识到令人不安的现实。这不是一次短暂的冒险；这是一次长途航行，使他远离家人和心爱的村庄。

一天晚上，当太阳落入地平线以下时，布巴发现自己独自站在甲板上。他凝视着无边无际的海洋，海洋的深处笼罩在渐渐褪色的暮色中。他以前生活中舒适的生活已经被一种压倒性的孤独感所取代。

当他意识到自己的困境的严重程度时，震惊和焦虑席卷了他的全身。他漂流在茫茫大海上，远离家乡熟悉的景象和声音。他非常想念家人，渴望他长大的村庄的安全。

他在船员中新认识的朋友注意到了他的退缩和担忧。他们走近他，脸上流露出同情和理解。他们解释说，这次航行确实漫长且充满挑战，是在未知水域追求更大的渔获量。虽然他们同情他想要回家的愿望，但他们鼓励他拥抱这段旅程及其宝贵的经历。

布巴在对家人的忠诚和对船上角色的承诺之间左右为难，他努力应对自己处境的复杂性。父亲的智慧教训在他的脑海中回响，引导他以勇气和正直面对挑战。

当船继续驶向未知的领域时，布巴的自我发现之旅才刚刚开始。这个曾经满足于村庄海岸的男孩现在正在未知的海域航行，这是一次意想不到的冒险之旅，这将改变他，并加深他对将他与家人联系在一起的持久纽带的感激之情。

每天晚上，当布巴在渔船上的临时铺位上安顿下来时，他的思绪和梦想都会带他远离吱吱作响的木甲板和有节奏的海浪的潮起潮落。当船轻轻摇晃时，他的想象力开始了自己的冒险。在梦想的国度里，布巴成为了一位勇敢的探险家，他的思想不受船上的限制。他将冒险深入海洋的中心，发现隐藏的宝藏、失落已久的沉船和迷人的海底世界。深处闪闪发光的宝藏不仅仅是珍贵的宝石和金器，还有大海的故事和秘密。

一天晚上，他梦见了一个神秘的水下洞穴，里面装饰着闪闪发光的珊瑚，洞穴的墙壁上装饰着古代航海的故事。充满活力的海洋生物会在他周围跳舞，揭示美人鱼和传奇海怪的低声故事的秘密

。

在另一个梦中，布巴发现自己身处一座热带岛屿上，脚下是柔软的沙子，空气中弥漫着奇异水果的香味。他探索了茂密的丛林，发现了隐藏的宝箱，里面藏着通往更遥远地平线的地图。

伴随着每一个梦想，布巴的心中都充满了冒险的兴奋。每天早上他醒来，都会因船上狭窄的舱室现实而短暂地迷失方向，然后记起

前一天晚上的奇迹。

船员们观察着他每晚的冒险行为，在布巴的梦中看到了与他第一次登船时激发他们灵感的火花相同的火花。他们认识到他拥有独特的天赋——无

拘无束的想象力，可以将单调的海洋变成一个充满无尽奇迹的世界。

日子一天天过去，船又进一步驶向未知的水域，布巴的梦想成为了灵感和安慰的源泉。他们提醒他，冒险不仅可以在遥远的地平线中找到，也可以在他自己无限的思维范围内找到。他的梦想是他的逃避，他的避难所，他的承诺，无论他漫游多远，他的想象力永远是指南针，引导他回到内心的宝藏。

夜色已深，风暴以意想不到的猛烈席卷了海面。渔船，曾经是破浪前行的坚固船只，如今却成了暴风雨中脆弱的玩物。狂风呼啸，雨水如鞭子般抽打，大海汹涌澎湃，难以控制。

混乱之中，渔船如同一片树叶在水面上颠簸。布巴仍在他的铺位上梦想着水下冒险和宝藏，他被这场灾难惊醒了。当他意识到情况的严峻性时，恐慌占据了他的心。

在暴风雨的昏暗光线下，他可以看到船员们脸上的恐惧，他们拼命地试图重新控制船。但这是一场他们无法战胜自然之怒的战斗。

随着一声震耳欲聋的撞击声，船撞上了一个小岛周围的暗礁。撞击是毁灭性的，将船只撕裂。片刻之内，它连同船员一起被汹涌的大海吞没。暴风雨无情，大海除了汹涌的海浪之外没有任何证据表明它们的存在。

在混乱和黑暗中，布巴紧紧抓住一块碎片，这是一艘从残骸中挣脱出来的小木船。他昏迷不醒，浑身伤痕累累，在汹涌的大海上漂流，在大自然的狂怒中成为孤独的幸存者。

几个小时过去了，布巴终于恢复了知觉，他的身体遍体鳞伤，神志不清。当他在暴风雨过后的诡异平静中醒来时，他发现自己漂浮在一片未知的广阔海域中，周围除了浩瀚的海水之外什么也没有。

他对那些成为他朋友的船员感到悲痛欲绝，紧紧抓住船上的残骸，想知道自己是如何成为这场海上悲剧的唯一幸存者的。他感受到了孤独的重量，就像无边大海中的一个孤独的斑点。

由于村庄远离他的到达，布巴的旅程发生了毁灭性的转折，将他推入了人生的新篇章，充满了不确定性和未知的道路。当第一缕曙光在地平线上破晓时，他知道未来的日子将是对他韧性的考验，也是对他与家人之间持久纽带的证明，即使面对难以想象的挑战。

布巴，现在被称为“傲慢”，正站在一个关键决定的十字路口。他了解到了黑点更伟大的使命，这是一个超越他之前世界范围的使命。意识到人类的命运悬而未决，他的肩上的担子沉重了。

当狂妄自大看着那些前来引诱他回到船上的前同事时，他明白了自己选择的严重性。他知道，回到船上就意味着生活在焦奇的压迫统治下，没有真正自由的生活，思想和行动不断被操纵。

相比之下，Eoan、Ken 和 Broad 提供的道路代表了一线希望。这是一个重新获得独立并从暴政手中夺回生活的机会。狂妄自大相信他们的事业，他知道支持伊欧安的使命是摆脱束缚他们所有人的枷锁的唯一途径。

傲慢的眼神中充满了决心，他坚决拒绝了同事们的提议。他能够看穿虚假承诺的幻象以及它们所呈现的安全假象。相反，他选择了真理、坚韧和追求更美好世界的道路。

当傲慢迈出新征程的第一步时，他也明白自己并不孤单。他选择与 Eoan 和黑点站在一起，这将使他与一群与他一样渴望自由、平等和更光明未来的人联系起来。他们将共同努力带来改变，这不仅会影响他们的生活，还会影响人类本身的命运。

因此，狂妄自大以坚定不移的决心接受了摆在他面前的使命。他准备好面对挑战，揭开谜团，并反抗试图控制世界的压迫势力。这一刻，他不再是狂妄自大，而是变得傲慢了。他成为决定黑点命运和所有生物未来的旅程的重要组成部分。

读者免责声明：理解布巴的傲慢转变

为了充分了解布巴向狂妄自大的转变以及接下来的深刻旅程，鼓励读者探索《黑点》一书的页面。前面的叙述提供了重要的背景故事、背景和关键时刻，塑造了傲慢的性格以及他对黑点任务的参与。

《黑点》揭示了导致布巴变得傲慢的环境、他面临的挑战以及他做出的选择，这些选择最终将他与伊安、肯、布罗德以及恢复自由和平等的更大使命联系在一起。

通过沉浸在“黑点”的世界中，你将更深入地了解傲慢的动机、他对事业的承诺以及后续章节中不断发展的叙述。此观众免责声明确保您在踏上布巴的旅程时拥有必要的基础和洞察力，以充分欣赏他所选择的道路和未来的冒险。

布罗德指示所有人站在巨大计算机的插槽前。这是一台复杂的机器，有五个插槽，每个插槽都配备了单独的键盘。当五人组走近计算机时，一个新的挑战出现了——他们需要输入密码。布罗德思考着当前的情况，拼命寻找正确的组合。整个房间充满了紧张气氛，就连他也显得有些不确定。

随着时间的流逝，瑞蒂建议道：“别担心，布罗德。让我们祈求上帝的指引。”当他们集体寻求神圣干预时，房间陷入了安静的沉思。

计算机一一识别每个成员并收集他们独特的信息。然而，当所有五个点都占据了各自的位置时，这就促使他们面临另一个挑战——以正确的顺序重新排列密码。这就是关键的密码二。

只剩一分钟了，恐慌开始蔓延。团队疯狂地思考这个安排，努力破译正确的顺序。布罗德和肯感到紧张，因为他们知道时间不多了

出去。

在最后一刻，仅剩 20 秒时，布罗德找到了解决方案。他迅速将五人分配到指定的位置。Eoan 站在第一个位置，Aplade 位于第二个位置，Rithi 位于第三个位置，Tyro 位于第四个位置，最后，Hubris 位于第五个位置，也是最后一个位置。电脑开始反应，灯光闪烁并散发出气体，笼罩了整个区域，模糊了他们的视线。

然后，随着一声震耳欲聋的声音，电脑断电了，明亮的绿光照亮了房间。当团队努力理解情况时，混乱笼罩着人们。就在这时，肯开口了，他的声音因激动而颤抖：“我们成功了！恭喜大家。我们的使命完成了！”他们开始意识到成就的重要性，一种成就感笼罩着他们。

然而，狂妄自大意识到他的道路与黑点不同。他不得不离开他们去追求自己的旅程。黑点们知道了真相，心情沉重，不得不为他送行。当他离开时，他们看着他消失在地平线上，祝愿他在新的目标中一切顺利。他们的故事的接下来的章节将

在没有他的情况下继续进行，但他的存在的影响将永远留在他们的心中。

布巴再次成为一个七岁的男孩，他站在他的朋友们中间，向傲慢者挥手告别，傲慢者是在他们最关键的任务中加入他们的杰出人物。岁月的智慧让他变成了二十五岁的男人，但现在，因为虫子的叮咬，他又恢复了原来的样子。然而，他所获得的经验以及他建立的联系将永远伴随着他。

黑点仍在思考他们的成就的意义，他们将注意力转向了未来的旅程。布巴故事的下一章即将展开，他已准备好面对等待着他的任何挑战和冒险。

《石鱼的秘密》

布巴进入了供奉海神的古庙。石壁上有无数岁月的痕迹，空气中弥漫着咸水的味道，令人肃然起敬。他凝视着中央的祭坛，它是冒险进入无情大海的渔民信仰的见证。它的中心放置着一座宏伟的海神雕像，这是一座由最优质的珊瑚雕刻而成的高耸人物。

当布巴走近时，他的目光被祭坛的底座所吸引，多年来虔诚的渔民一直在那里放置祭品。在贝壳、香和代币中，有一条雕刻精美的小石鱼，这是在布巴意外乘富人的船出发之前，他的父亲莫凡(Morvane)送给他的珍贵礼物。

布巴心情激动，拿起石鱼，眼里噙满了泪水。这是他父亲之爱的象征，提醒人们，尽管他们处境艰难，但他们之间始终存在着深如海洋的联系。他紧紧地抓着石头，双手捧着这份雕鱼礼物，发誓一定要回到家人身边，一起庆祝下一个生日。

寺庙宁静的气氛中，一只奇怪的昆虫出现了。它不像布巴见过的任何人，有着彩虹色的翅膀和闪闪发光的半透明身体。这只昆虫轻轻落在祭坛上，它多面的眼睛以超凡脱俗的智慧锁定着布巴。

布巴对这种昆虫的存在很感兴趣，他伸出一根手指，让这只精致的生物栖息在它上面。他惊叹于它的美丽，并想知道它在寺庙中是否具有任何意义。当那只虫子爬过他的手掌时，他感到一阵微妙的刺痛，紧接着一种奇怪的感觉席卷了他的全身。

布巴不知道的是，这只看似普通的昆虫却拥有非凡的力量，它的叮咬引发了非凡的转变，在时空的结构中激起涟漪，带领他走向与海洋的神秘、他的家族遗产交织在一起的命运，以及黑点的持续旅程。

莫凡刚刚结束了在码头的辛苦一天，从漫长而艰巨的海上旅程归来。布满老茧的手和饱经风霜的脸见证了他当渔夫的艰辛，但他的心却一如既往的温暖。在这个特别的夜晚，他的思绪集中在他对儿子布巴做出的承诺上，这次他决心履行这个承诺。

当他走向他称之为家的简陋、饱经风霜的小屋时，莫凡感到内心涌起一种期待。布巴问起了他即将到来的生日，莫凡打算让这一天成为值得纪念的一天。一块蛋糕，无论多么简单，也许只是一件小礼物，都会给儿子的生活带来庆祝的喜悦。

到达小屋后，莫凡打开吱吱作响的木门，露出舒适的内部空间。摇曳的烛光投射出温暖而诱人的光芒。他的妻子尼莉莎正忙着准备他们简朴的晚餐，她的眼神反映出由于经济困难而对他们的生活产生的担忧。

莫凡走近她，脸上露出疲惫而深情的微笑。“尼莉莎，”他开始说道，“我一直在想布巴的生日，你知道吗？明天了，我已经向他保证了。”

尼丽莎从手中的工作中转过身来，目光与丈夫的目光相遇。她理解莫凡所指的承诺，以及在他们目前的情况下不可能实现的。“莫凡，你知道我多么想让布巴的生日变得特别，但我们的收入勉强维持收支平衡。我们的财务状况……”

Morvane 点点头，她非常清楚自己说的是真的。他们的生活一直在挣扎，钱仅够维持生活必需品。每一天都是与无情的大海的战斗，每一个夜晚都充满了不确定性。“我知道，妮莉莎，”莫凡回答道，他的声音里带着无奈。“我只是希望能给我们的孩子一个他应得的生日。他见过其他孩子庆祝他们的特殊日子，而我一次又一次让他失望。”

妮丽莎伸出手握住了丈夫的手，眼神里充满了同情和爱意。“莫凡，你是个好父亲。布巴知道这一点。他会明白，今年和其他年份一样，我们无力举办大型庆祝活动。”

莫凡的目光转向那张粗糙的桌子，叹了口气。“我只是希望我能做点什么让他脸上露出微笑。”

莫文几乎不知道他的愿望会引发一系列事件，从而永远改变他们的生活轨迹。夜幕笼罩了小屋，蜡烛继续闪烁，希望与不确定交织在一起，为他们的旅程投下了长长的阴影。

今年有所不同，因为就在莫尔瓦尼启程前，他参观了一座坐落在海边崎岖悬崖中的古老寺庙。这座据说已有数百年历史的寺庙散发着一种神秘的气息，引起了他的兴趣。它供奉着海神，被认为是渔民和水手的守护者，也是许多人在海上旅程中寻求祝福和安全的地方。

在神殿内，莫凡感受到了与海神的不寻常的联系。他观察着古老的石像和寺庙古老墙壁上弥漫的焚香空气。在那些磨损的石头中，他发现了一块不起眼的小石头，似乎充满了吸引他感官的能量。他无法解释它，但他觉得有必要随身携带它，因为他感觉到它具有他无法完全理解的意义。

在他的航行中，那块小石头成为莫尔瓦尼安慰和灵感的源泉。当他在海上独处的时候，他会把石头雕刻成精致的鱼形。当他精心塑造和抛光它时，他将希望、梦想和对儿子布巴的爱注入到这条鱼中。莫凡将这条鱼视为保护的象征，是他不在时守护儿子的守护者。布巴生日那天早上，莫文带着手工雕刻的鱼作为礼物回到了家。当他将它呈现给布巴时，他解释了它的起源，分享了这座古老寺庙的故事以及他与海神的联系。这份礼物不仅仅是一块制作精美的石头；它代表了 Morvane 的爱、对儿子安全的祝愿，以及他向布巴灌输对海洋深深的尊重的愿望。

布巴被父亲的举动和鱼背后的故事感动了。他怀着崇敬的心情接受了这份礼物，并承诺永远随身携带它，因为他明白这不仅仅是一件物品，而且象征着父亲坚定不移的爱以及他们与大海之间的神秘联系。

石鱼成为了珍贵的传家宝，代代相传，承载着 Morvane 家族渔民的爱、希望和梦想。每年布巴生日那天，他们都会聚集在手工雕刻的小鱼周围，分享大海的故事、父亲的冒险经历以及自己的水上经历。它提醒人们，他们与大海以及彼此之间牢不可破的联系，证明了父亲对儿子的爱的持久力量。

七十四岁的布巴发现自己再次独自坐在古老的寺庙里，那里的海洋空气中充满了历史的气息，低声诉说着秘密。这一次，他并不孤单；一只友善的狗加入了他的行列，它的存在似乎和寺庙本身一样神秘。

当布巴凝视着家族世代相传的石鱼时，他不禁感到与它有一种不可思议的联系。它经历过无数的生日，听过大海的故事，见证过岁月的流逝。这条鱼身上有某种东西，某种超越其物理形态的东西，让他更接近它。

这座寺庙似乎以一种奇特的方式活跃起来。空气中充满了期待，背景中大海温柔的嗡嗡声似乎与神殿的震动同步。布巴既困惑又好奇，伸手摸了摸石鱼。就在这一刻，他的身上涌起一股诡异的感觉，仿佛唤醒了某种古老的力量。

他身边的狗依然平静，似乎也知道寺庙的奥秘。它坐在布巴脚边，用充满智慧的眼睛注视着他，眼睛里闪烁着理解的光芒。狗的出现既令人安慰又神秘。

当布巴继续研究石鱼时，他注意到一些不寻常的东西——寺庙墙壁内发出微弱的微光。在昏暗的灯光下，他辨认出来源：一只昆虫，与他以前见过的任何昆虫都不一样。这是一种绚丽的彩虹色生物，翅膀似乎反射着大海的颜色。这只昆虫在鱼周围盘旋，似乎被它吸引了。

随着布巴的好奇心加深，空气变得更加凝重。石鱼、神秘虫子、狗、古庙，仿佛在和谐而神秘的舞蹈中汇聚在一起。布巴感觉自己即将揭开一个古老的秘密，这个秘密一直在等待着他，代代相传，封装在石鱼神秘的光环中。当彩虹色的昆虫继续在鱼周围进行复杂的芭蕾舞时，布巴无法摆脱自己已经成为一个超越时空的故事的一部分的感觉。这是一个关于联系的故事，关于他的家人和大海之间不间断的联系，以及在这个神圣的地方将他们联系在一起的莫名其妙的力量。

神殿里充满了柔和的能量，现实与神秘之间的界限开始变得模糊。布巴觉得他正处于一种非凡启示的边缘，这一启示不仅将他与家族的遗产联系起来，而且还将揭示海洋和寺庙所蕴含的古老智慧。

当布巴轻轻地将石鱼放在神庙古老的地板上时，他突然感到一种莫名的联系。仿佛神殿的本质在回应他的触摸，刹那间，他周围的世界发生了变化。

一道耀眼的光芒吞没了寺庙，让他一时失明。当他再次恢复视力时，他发现那只狗已经不在他身边了，而那只神秘的昆虫也消失了。取而代之的是一片深深的寂静，布巴发现自己坐在凉爽的石地板上。但最让他惊讶的是他内心的变化。

布巴又回到了七岁的自己。曾经成年的身体，已经回归到了孩童时期的纯真。当他低头看着自己的小手、孩子般的腿和衣服时，困惑与惊讶交织在一起，衣服现在松松垮垮地挂在他小小的身躯上。他伸手摸了摸自己的脸，发现脸很光滑，没有青春期的痕迹。

寺庙的气氛似乎与一种神秘的力量产生共鸣。布巴不再只是一个访客；他现在是一个活生生的传奇人物的一部分。这条他曾经认为只是传家宝的石鱼，以最不寻常的方式揭示了它的秘密。它是神秘过渡的渠道、永恒智慧的守护者、过去与未来之间的桥梁。

当布巴思考着这个超现实的转变时，一个声音在他的脑海中轻柔地回响，仿佛在寺庙的墙壁上低语。这声音似乎要揭开石鱼身上隐藏的秘密。它讲述了一位古老的海神，他是出海冒险者的保护者，也是海洋知识的守护者。

石鱼是建造这座寺庙的古代文明的创造物，是由一种利用海洋能量的超凡脱俗的矿物锻造而成的。它的目的是保存那些接触过它的人的知识和经验，使他们能够超越时间本身。

年轻时的布巴已成为被选中的容器。石鱼认识到他与大海的不屈不挠的联系，他的家人与水域的持久联系，以及他对了解深海奥秘的渴望。这座神殿，作为石鱼力量的通道，让他得以窥见过去，同时也获得了开启未来的钥匙。

但这份礼物也带来了责任。布巴现在拥有无数代人的遗产、水手的集体智慧和海洋的秘密。海神的古老知识储存在石鱼中，旨在与世界分享，以保护海洋和居住在海洋中的生物。

当布巴坐在那里时，这种新发现的重担落在了他年轻的肩膀上。他意识到自己被选中是为了弘扬海洋知识，弥合过去与未来的鸿沟，成为海洋的守护者。在寺庙里的这一刻不仅揭示了他的命运，也揭示了他的家人、石鱼和他们所崇敬的圣水之间根深蒂固的联系。

带着使命感和崇敬之情，年轻的布巴知道他的旅程还远没有结束。他现在是海神的智慧守护者，石鱼是他解开海洋深处的秘密、了解世界奥秘、保护祖先海洋遗产的向导。在石鱼智慧和海洋不朽精神的指引下，前方的道路充满了冒险、发现和对世界产生深远影响的机会。

来自天空的入侵者

七岁的布巴盘腿坐在供奉海神的古庙凉爽、破旧的石地板上。昏暗的光线透过狭窄的窗户，在墙上投射出阴影。他来到这里是有目的的，但现在，当他看着那座宁静而饱经风霜的海神雕像时，他的心里却充满了矛盾的想法和情绪。

布巴非常想念他的父母。他们温暖的微笑、令人安慰的声音以及家的安全，这些记忆都沉重地压在他幼小的心灵上。他感到一种深深的思乡之情从内心深处啃噬着他。

当他想起离开村庄的那一天，他向父母保证他会找到办法将他们从困扰他们社区的危险局势中拯救出来时，他的眼里涌出了泪水。他立志要成为他们的英雄，但现在，在这座古老的神殿里，他开始怀疑自己。

布巴的脑子里充满了各种思绪，一个比一个更加令人困惑。他，一个小孩子，能做些什么来改变他们的命运呢？他的责任很重，似乎无法承受。

当布巴凝视着海神的雕像时，一阵微风吹过神庙，带着咸水的香味和远处海鸥的叫声。就好像海神在试图与他沟通，在他迷茫的时候给予一些指引。

布巴深吸了一口气，试图让自己狂跳的心跳平静下来。他知道他不能放弃，他已经走到了这一步，他有责任继续他的父母和他的村庄。带着新的决心，他擦干眼泪，向海神低声衷心祈祷，祈求力量、智慧和勇气来面对未来的挑战。

随着祈祷的进行，布巴感到一种平静的感觉笼罩着他，他意识到自己可能只是广阔世界中的一个小孩子，但他的决心和海神的支持将引导他走上旅程。他还没有得到所有的答案，但他不再一无所知。他在古老寺庙的围墙内找到了希望和目标的火花，并准备好面对成为英雄的道路上等待着他的任何挑战。

布巴的好奇心一直是他的标志性特征之一，而他在神庙墙壁上感受到的神秘振动只会进一步激起他的兴趣。他决定更彻底地探索这座寺庙，在这个古老的地方感受到一种使命感。当他冒险深入寺庙的主室时，他的目光被向上吸引到天花板上，他注意到那里有一个小槽，形状像两条鱼纠缠在一起。

一半的槽里完美地嵌着一条石鱼，但另一半却明显是空的。布巴抓着他之前发现的石鱼，不禁想知道这是否是神庙中隐藏的秘密或知识的关键。拼图的碎片在他幼小的心灵中慢慢拼凑起来。

两条鱼形状的槽是一个谜，一个等待解开的谜语。他知道他需要找到一种方法将他的石鱼放入槽口的空半部分中，但作为一个矮小的七岁男孩，他不够高，够不到它。布巴环顾四周；他正在寻找可以帮助他的东西，然后他的目光落在了房间角落里一张饱经风霜的木凳上。

他迈着坚定的步伐，把长凳拖到了槽口下面。它很重，需要一些力气，但布巴并没有轻易被吓倒。他站在长凳上，小手因期待而颤抖，试图将石鱼塞进空出的槽位。当他这样做时，房间里回响着微弱的咔哒声，墙壁似乎再次振动，但这一次是有目的的。

顿时，神殿沐浴在一股柔和、空灵的光芒之中，那光芒似乎是从石鱼身上散发出来的。原本笼罩在阴影之中的海神雕像，此刻却焕发着超凡脱俗的光芒。布巴的心狂跳起来，他意识到自己发现了圣殿中隐藏的一个秘密，这件事意义重大。

寺庙现在被照亮了，布巴注意到墙上有一幅他以前从未见过的古老壁画。它描绘了一位英勇的年轻渔夫的传奇故事，他和他一样，踏上了拯救村庄免遭巨大灾难的旅程。布巴对这个故事产生了深刻的联系，他意识到自己走在正确的道路上。

当布巴继续探索神庙时，他知道石鱼和它解开的谜语只是他旅程的开始。怀着新的决心，他开始揭开神庙的神秘面纱，收集完成使命所需的知识和力量，成为他渴望成为的英雄。

布巴对这幅古老的壁画感到敬畏，它生动的色彩和复杂的细节讲述了他之前的英雄渔夫的故事。然而，当他注意到壁画中小心翼翼地安放着两台摄像机时，他的惊奇感中夹杂着一丝不安。一台摄像机刚刚启动，镜头对准了他，而另一台则眨着眼睛，尚未完全启动。这些设备与布巴年轻时见过的任何设备都不一样。监视和被监视的概念对他来说完全陌生。他情不自禁地感到一种被侵扰和脆弱的感觉，仿佛有一双看不见的眼睛在审视着他的一举一动。

布巴后退了一步，他的目光从一台摄像机移向另一台。他想知道是谁把这些摄像机放在这里以及为什么他们要监视他。海神殿，一个充满敬畏和神秘的地方，突然变成了一个充满不确定性和疑问的地方。

当布巴小心翼翼地探索房间时，启动的摄像机似乎跟随他的动作。他无法逃避有人或某物正在监视他的感觉。就好像古老的壁画本身变得栩栩如生，而他现在是一个故事中的人物，被未知的观众所观察。

当他思考摄像机的重要性时，他突然意识到。也许这些摄像头的本意并不是具有侵入性或有害性的。相反，它们可能掌握着神庙秘密的线索，为那些敢于解开神庙之谜的人提供指导或见解。

凭借新获得的精神力量和使命感，布巴决定将相机视为解开寺庙神秘过去的工具。他将继续探索，关注摄像机可能传达的微妙线索和信息，希望找到引导他来到这个神圣之地的问题的答案。

每走一步，这位年轻的英雄都变得更加坚定，准备好面对未知，迎接他非凡旅程的挑战，同时意识到自己正处于古老壁画摄像机的注视之下。

当布巴踏上其中一块与其他石板不同的石板时，他立刻就察觉到脚下有一种奇怪的感觉。瓷砖感觉是空心的，而他的脚步声，与周围坚固的石头相比，是一种无声的重击声，证实了他的怀疑。他偶然发现了一些有趣的事情。

布巴跪下，仔细检查瓷砖。他用小手指抚摸着石头的表面，感受着石头上复杂的细线雕刻和神秘的形状。这些符号似乎在讲述一个故事，一个隐藏在寺庙地基中的故事。

当他的手指抚摸着这些符号时，他注意到它们不仅仅是装饰品，而是一种经过深思熟虑的语言或代码。这是一种他以前从未见过的语言，但他感觉到它掌握着解开神庙秘密的钥匙。

布巴兴奋又好奇。他忍不住想知道这条编码信息是否可能是拼图的下一块，这条线索将使他更接近地理解寺庙的目的和他自己的使命。他知道他需要破译这个神秘的剧本才能继续他的旅程。

他小心翼翼地从包里拿出一张羊皮纸和一块木炭，用石瓦当临时书桌。他开始抄写这些符号，决心破译它们的含义。木炭的每一笔都感觉像是进步，随着他写下的每一个符号，前方的道路似乎变得更加清晰。神殿的语言正在慢慢向他揭示它的秘密。

当布巴致力于破译这些符号时，他情不自禁地感到自己正处于一项重大发现的边缘，这一发现不仅可能为他在寺庙中提供指导，而且还掌握着理解围绕他的探索和更大的谜团的钥匙。古老的海神庙。

当布巴勤奋地将古老的雕刻复制到他的羊皮纸上时，他无法摆脱这样的感觉：寺庙里并不只有他一个人。木炭的轻柔刮擦声伴随着一种怪异的声音，从墙的另一边传来微弱的沙沙声。他转过头，试图找出声音的来源。

布巴既好奇又有些担心，循声而去，循着声音来到了靠近主室角落的一扇隐藏的小门。这扇门很旧，饱经风霜，木头上有无数岁月的痕迹。它用一条沉重的链条固定着，令他惊讶的是，这条链条似乎闪烁着奇怪的反射和复杂的图案。链条似乎带着超凡脱俗的能量脉动，像飞蛾扑火一样吸引着他的注意力。

布巴意识到，这扇奇特的门和它神秘的锁链在神庙中隐藏着另一层神秘面纱。就好像这座寺庙正在以他的好奇心为灯塔，引导他更深入地了解它的秘密。他从石砖上复制的符号突然变得更加重要，仿佛它们是一个更大的谜题的一部分，这个谜题延伸到壁画之外，进入了这个隐藏的房间。

他仔细地检查了链条上的发光图案，试图解读它们的含义。它们是某种保护还是警告？布巴无法确定，但他知道，要继续他的旅程并揭开神庙的秘密，他必须找到打开这扇神秘之门的方法。带着新的决心和使命感，布巴将注意力转向了锁链，他年轻的头脑飞速思考着如何解开这个最新的谜题，并发现门外隐藏着什么，这预示着更多的答案和冒险。

当布巴的小手抚过发光链条的表面时，他预计会遇到阻力，但令他惊讶的是，链条似乎对他的触摸做出了反应。它发出微弱的、超凡脱俗的铃声，然后，就像一条蛇滑进洞里一样，链条随着一连串的金属咔哒声缩进门盖。

门开始在他眼前发生变化，生锈的金属和陈旧的木头变得原始而晶莹剔透。它变成了一扇完全由闪闪发光的玻璃制成的门，其边缘由复杂的木框勾勒出轮廓，木框上刻有他以前从未见过的符号和标记。

透过玻璃门，布巴看到自己的倒影正盯着他，但其中有一种不可思议的感觉。当他更仔细地观察倒影时，他意识到这不仅仅是他自己的脸。玻璃的另一边，站着另一个年龄和相貌相仿的男孩，一举一动都映照着他。

当布巴思考玻璃门的二元性时，一种敬畏和好奇的感觉涌上心头。就好像他看到的是自己的倒影，但却是现实的另一面。他怀着忐忑和兴奋的心情，想知道对面那个男孩的身份，以及这扇非凡的门可能会揭示什么。

深吸了一口气，布巴决定跨过门槛，他的手轻轻地推着玻璃表面。当他的手指接触到清凉透明的门的那一刻，一种刺痛的感觉传遍了他全身，他踏入了一个似乎与自己平行存在的世界，在那里，寺庙的神秘和他的探索必将进一步解开。 。

当布巴跨过玻璃门，进入平行世界时，迎来了对面男孩热情的问候。男孩熟悉的眼神和脸上友善的笑容，让他们仿佛已经认识很久了。然而，对于布巴来说，泰罗是一个完全陌生的人。

布巴不禁感到好奇和困惑。他的手本能地伸进口袋，取出了之前找到的石鱼。让他惊讶的是，另一边的男孩泰罗也模仿了他的行为，

露出一条一模一样的石鱼。

他们互相展示石鱼似乎是一种认可和联系的象征，但这对布巴来说却加深了神秘感。泰罗怎么会有同样的石鱼，为什么他看起来对布巴那么了解？

他们互相介绍，布巴得知这个男孩的名字叫泰罗。泰罗的言语和举止传达了一种友谊和共同经历的感觉，但布巴仍然感到困惑。对他来说，泰罗是一个谜，一个来自他从未了解过的世界的人。

泰罗的眼中闪过一丝理解的光芒，仿佛他拥有关于布巴的知识，是布巴自己无法理解的。泰罗仿佛一直在等待他的到来，期待着他们的见面。

带着谨慎和好奇的心情，布巴开始与泰罗对话，希望能够解开这个平行世界的谜团以及他们之间的联系。有问题有待解答，有秘密有待揭开，玻璃门将他带入了一个有望带来非凡发现和冒险的领域。

布巴对泰罗和他在寺庙里发现的壁画上的人物惊人的相似感到震惊。如此相似，让他脊背发凉。泰罗似乎已经从寺庙本身的历史中走出来了。

带着一种信任感和好奇心在心中滋生，布巴跟着蒂罗走进了一个像汽车一样的小房间，里面和他以前从未见过的任何东西都不像。房间里散发着超凡脱俗的气息，充满了他无法理解的控制和显示。

然而，泰罗似乎很自在。他熟练地操纵控制器并启动了寺庙主室内的摄像机。当相机启动时，布巴的惊奇感伴随着恍然大悟。正是这项技术、这个密室和摄像机让泰罗将神庙恢复到了他第一次进入时的原始状态。

这座神殿再次沐浴在宁静而古老的光芒中，恢复到了布巴第一次见到它时的状态。时间仿佛倒回到了最初的那一刻。这段经历让布巴对这个世界上发挥作用的力量感到敬畏，技术和神秘主义以他难以理解的方式交织在一起。

怀着感激和惊奇的心情，布巴迫不及待地想在泰罗的陪伴下重新探索这座神庙。围绕着这个古老的地方和他意想不到的同伴的谜团似乎只会加深。有很多东西需要学习，有很多东西需要发现，未来的旅程有望找到答案，这些答案可能会重塑布巴对世界的理解以及他在世界中的地位。布巴对泰罗拥有的令人难以置信的技术感到惊叹。这是一个改变世界的发现，让我们得以一窥过去和现在，为他难以理解的知识和探索领域打开了大门。

当父母为他庆祝生日的全息图像继续播放时，他注意到他们脸上喜悦的表情和蛋糕上闪烁的蜡烛。布巴的心里充满了浓浓的怀念和温暖。他错过了这一刻，时间仿佛暂停了，让他重温这一刻。

布巴眼里闪烁着泪光，低声说道："谢谢你，泰罗。这对我来说意味着整个世界。我不敢相信我会怀疑你们令人难以置信的技术。"他很感激与他的过去的这种意想不到的联系以及父母对他的爱。

泰罗对布巴热情地微笑，很高兴送给他这份珍贵的礼物。“这只是我们可以一起探索的一小部分，布巴。密室里蕴藏着浩瀚的知识和无数的经验，等待着我们去发现。你成为英雄的旅程变得更加令人兴奋，你不觉得吗？”

布巴点点头，脑子里充满了各种可能性。“我觉得有很多东西需要学习、发现和理解。这个房间是知识和冒险的宝库。我迫不及待地想看看它会把我们引向何方。”他们的友谊已经开始解开这座古老神庙的秘密，而布巴和泰罗之间的纽带将成为他们追求英雄主义的强大力量。当他们站在密室令人难以置信的界面前时，他们充满了期待，渴望继续他们的旅程，探索世界的奥秘和他们所掌握的非凡力量。

当父母为他庆祝生日的全息图像在他面前播放时，布巴忍不住流下了眼泪。他们脸上的喜悦，蛋糕上闪烁的蜡烛——这是一个苦乐参半的时刻，让他充满了深深的渴望。他对泰罗的感激之情在心中涌动，是他让他意外地瞥见了过去。

在视频的背景下，他的家人正在庆祝，布巴转向蒂罗。“非常感谢你，泰罗。我不敢相信我曾经怀疑过这项令人惊叹的技术。”

泰罗带着温暖的微笑回答道：“不客气，布巴。这只是我们可以共同发现的事情的开始。”

布巴忍不住问出了自从他第一次在视频中看到蛋糕以来一直萦绕在心头的问题。“蒂罗，为什么我在的时候我父母没有给我看蛋糕呢？我以为我们一家人正经历着如此艰难的时期。我本来打算工作来养活我的父亲。”

泰罗点点头，理解了大家的困惑。“你的父母确实打算在你生日后的第二天用那个蛋糕给你一个惊喜，布巴。他们想给你一个特别的庆祝活动。但奇迹发生了。当您离开时，您充满了帮助家人的强烈愿望。为了确保他们的福祉，您竭尽全力。在这个过程中，你发现了一些非凡的东西。”

布巴对泰罗的话感到困惑。“有什么不寻常的事情吗？你是什么意思？”

泰罗会心一笑，快速命令了几句，调整了界面。屏幕上，布巴惊讶地看到房间里的实时视频显示了他家的现场直播。在这段实时视频中，他看到他的父母 Morvane 和 Nerissa 站在一栋装修精美的房屋前。场地已经升级改造，空气中弥漫着欢乐的气氛。他的父母正在和年轻版的布巴谈笑风生，而布巴就在他们身边。

布巴吃了一惊，难以理解他所看到的一切。“这怎么可能？那段时间我在船上。我没有和他们在一起。”

泰罗解释说：“布巴，你坚定不移的决心和对家人的爱，无意中创造了一个独特的机会。当您在船上工作时，您的意图和努力跨越时空产生共鸣。就好像另一个版本的你出现在你父母身边，你们一起改善了他们的生活。即使你不在现场，你的辛勤工作也产生了深远的影响。”

布巴深受感动，泪水再次涌出。他的爱和奉献精神感动了他的家人，即使是在远方，这既温暖人心又神奇。当他们继续观看布巴父母的直播，充满欢乐和欣喜的心情时，布巴不禁感受到了新的使命感。房间、泰罗和他们掌握的令人难以置信的技术拥有揭开世界奇迹的力量，布巴决心探索、学习并改变他所爱的人的生活。

有泰罗作为他的向导和同伴，布巴已经准备好面对未来的任何神秘和冒险，他明白爱和奉献的纽带可以超越时间和空间，在世界上编织出希望和奇迹的挂毯。

布巴转向泰罗，心中充满感激和好奇。“蒂罗，这太不可思议了。我从未想过我的努力会对我的家人产生如此深远的影响，即使我远在千里之外。这就像一个奇迹。”

泰罗点点头，他的眼睛里反映出此刻的惊奇。“这是决心和爱的力量的非凡证明。你的行动，在你对家人的爱的引导下，产生了超越时间界限的连锁反应

和空间。”

布巴不禁疑惑："这就是海神殿的技术吗？还有更多的事情有待发现，更多的谜团有待解开吗？"

泰罗的回答是深思熟虑的。"寺庙是一个拥有令人难以置信的知识和力量的地方，但它不仅仅是技术。这是关于理解所有事物的相互联系，关于塑造我们的世界和我们的命运的力量。寺庙是一个容器，让我们能够探索这种理解的深度。"

布巴感到一种深深的使命感在他内心涌动。"我想继续探索、学习并改变世界。我还有很多不明白的地方，我想解开圣殿的秘密。"

泰罗的目光中带着一股意志力。"我相信，只要我们齐心协力，我们就能揭开这座寺庙的神秘面纱，并利用它的知识来实现更大的利益。但是，布巴，我们的旅程才刚刚开始。有挑战和冒险在等待着我们。你准备好迎接即将发生的事情了吗？"

布巴以坚定不移的决心与泰罗对视。"我准备好了，泰罗。我想成为一名英雄，不仅是我的家人的英雄，也是每个需要帮助的人的英雄。让我们拥抱未知，继续这段不可思议的旅程。"

怀着共同的使命感和圣殿的神秘感，布巴和泰罗准备好面对未来的一切。密室及其所拥有的技术是他们的工具，但他们的决心和爱心将是他们在这条非凡道路上最大的资产。故事还远未结束，新的篇章即将展开。

进入未知的蓝色

泰罗用来展示布巴家庭庆祝活动的类似密室的装置实际上是一艘非凡的水下船只。布巴和泰罗心中充满兴奋和好奇，准备踏上一段不可思议的深海之旅。

当他们坐进房间舒适的座位上时，泰罗启动了飞船的系统。它嗡嗡作响，周围的透明玻璃墙开始发生变化。密室变成了一艘不透水的透明潜艇，让布巴和泰罗能够看到水下的世界。

布巴敬畏地看着密室沉入海面以下。周围的海水渐渐从蔚蓝变成了更深、更神秘的色调。鱼群游来游去，色彩斑斓，生机勃勃，生机勃勃的珊瑚礁映入眼帘。

面对不断变化的水下景观，布巴无法抑制自己的惊叹。“这太不可思议了，泰罗！我从来没有见过这样的事情。海洋是如此充满生机和美丽。”

泰罗脸上带着微笑，答应了。“海洋蕴藏着无数的秘密和令人惊叹的景色，布巴。但它也面临着挑战和危险。探索和保护这个令人难以置信的生态系统是我们的责任。”

当他们进一步冒险深入时，海洋开始显露出它的秘密。从优雅的海龟到难以捉摸的巨型乌贼，独特而奇异的海洋生物游过。充满活力、外星人般的海底景观映入眼帘，其中有神秘的水下洞穴和深海海沟。

布巴的声音里充满了好奇。“我们在找什么，泰罗？海洋对于我们来说到底有什么秘密呢？”

泰罗用会意的眼神看了他一眼。“还有很多发现等待着我们，布巴。但我们的最终目标是了解所有生命的相互联系，正如海神庙所教导的那样。我们必须学会如何保护和维持这个水下世界的微妙平衡。”

随着密室继续下降，将他们带入海洋未知深度的中心，布巴和泰罗准备好面对挑战并揭开前方的奇迹。他们的蓝色未知之旅才刚刚开始，海洋世界的奇迹和责任召唤着他们去探索、学习和改变这个比他们想象的更神秘和珍贵的世界。

随着潜艇继续下降到深海，外面的世界变成了一个充满海洋生物奇观的陌生而神秘的国度。布巴按捺不住自己的着迷，好奇心不由自主地涌了起来。“蒂罗，”他开始说道，“我一直在想……你来自哪里？你的出身、故事是什么？”

泰罗总是准备好分享知识，他会心一笑地看了布巴一眼。

“布巴，我的起源是一个远在地球之外的故事。我来自一个和你们的星球一样，也有挑战和发现的星球。但让我向您展示一个人为了追求知识和改变而冒险前往遥远星球的故事。”

说着，泰罗拿出了一根类似电缆的装置，瞬间就连接到了布巴的手掌上。他们周围的世界似乎冻结了，布巴发现自己正在观看令人惊叹的场景，这是在一个远离地球的星球上展开的。

布巴被这些视觉效果迷住了，它们把他带到了一个充满先进技术和寻求变革的异国星球。在他面前播放的故事是外星科学家克莱图斯博士的故事，他踏上了前往地球的大胆旅程。

布巴敬畏地看着克莱图斯博士的故事、他的发明和他的转变在他面前展开。他看到了这位科学家来到地球，看到了他对人类团结和同情心的迷恋，以及他的使命：

这些价值观回馈给他自己的人民。

这是一个关于启蒙和改变的故事，一个跨越界限发现新生活方式的故事。随着故事的展开，布巴感受到了克莱特斯博士的旅程。团结和同情心的力量，与克莱特斯先生在地球人类身上看到的价值观一样，引起了布巴的共鸣。

电缆从布巴的手掌上断开，时间又恢复了原样。布巴对团结的力量和变革的潜力有了新的认识，不仅在地球上，而且在整个宇宙中。

布巴心中燃烧着一种使命感，他转向泰罗。“蒂罗，克莱图斯博士的故事很鼓舞人心。它表明，即使在浩瀚的宇宙中，团结和同情心等价值观也能带来深刻的变化。我想成为这一变革的一部分，不仅是在地球上，而且无论我们走到哪里。”

泰罗点头同意。“布巴，你的热情和奉献精神是非凡的。我们将一起探索深海，从其奥秘中学习，并带回能够激发变革的知识和价值观，就像克莱图斯博士所做的那样。”

随着他们进入蓝色未知世界的旅程继续进行，布巴和蒂罗现在因共同的使命而团结在一起，并对宇宙中团结和同情的力量有了更深入的了解。他们准备好迎接海洋的挑战并揭开海洋的秘密，同时将克莱特斯博士的故事作为灵感的源泉。

在克莱图斯先生非凡的地球之旅之前的时代，外星人的星球是一个拥有先进技术和科学进步的地方。他们的社会建立在知识的基础上，科学家和发明家不断突破可能的界限。其中，克莱图斯先生作为一位才华横溢、富有创新精神的科学家脱颖而出。

尽管地球技术先进，但也面临着重大挑战。尽管取得了科学成就，但该社会的特点是缺乏团结和共同目标。这个星球上的居民变得越来越孤立，并专注于个人追求。同情与合作的价值观已经让位于技术进步。

然而，克莱特斯先生却不同。他对人民之间日益加深的脱节深感担忧。虽然他因其发明和科学突破而闻名，但他决心利用自己的知识弥合分歧并恢复社会的团结。

有一天，他有了一个愿景——发明“Universal Scammodification”机器。他的愿景不仅仅是确定未出生婴儿的性别，而是利用机器的卓越能力来读取和修改婴儿的思想。他相信，通过向新一代灌输合作、同情心和更大利益的价值观，他们可以重建一个技术与人类齐头并进的社会。

但有一个重大问题。他的同胞们对此表示怀疑。他们习惯于追求个人成功，很难相信这样的机器能够灌输团结的价值观。克莱特斯先生知道，人们常常需要证据来接受新想法，而机器的潜力却令人难以置信。

他明白他需要机器有效性的真实证据。他决定迈出大胆的一步，踏上未知的旅程。他踏上了探险之旅，寻找一个团结和同情心蓬勃发展的社会。就在那时他发现了地球。

在地球期间，克莱图斯先生深受他所遇到的人类的影响。他观察到他们有能力在需要时团结起来，互相同情，并为了更大的利益而团结起来。这次经历改变了他的观点，不仅作为一名科学家，而且作为宇宙中的一个人。

返回家乡后，他从地球带回了血液样本，这实际上提醒了人类团结的潜力。但更重要的是，他带回了变革的愿景。他希望激励自己的人民接受他在地球上亲眼目睹的价值观，并将他们的技术进步与他在那个遥远星球上发现的人性结合起来。

在海底深处，布巴和泰罗驾驶着他们的潜水器进入了一个迷人的世界。这是一个闪烁着超凡脱俗光芒的洞穴，这要归功于发出蓝色和绿色色调的特殊海洋植物。洞穴的墙壁闪烁着这些光芒四射的色彩，营造出一种超凡脱俗、近乎神秘的氛围。

这个地方是大自然的奇迹，充满了独特的、发光的海洋生物。有的精致，近乎透明，在水中优雅地舞动着，就像飘逸的舞者。然而，另一些则更注重保护自己的领地，并表现出凶猛、发光的图案来交流和抵御入侵者。

当布巴和泰罗进一步冒险进入这个陌生的环境时，他们遇到了一个与他们以前从未见过的世界不同的世界。他们先进的设备使他们能够收集有关生活在洞穴中的生物的信息。他们观察了它们的行为、它们所展示的美丽的生物发光图案，以及它们如何在脆弱的生态系统中彼此相互作用。

但他们的存在并没有被洞穴里的领地生物所忽视。这些生物带着锋利、发光的附肢，小心翼翼地接近潜水器，好奇地绕着它转，同时明确它们的领地意图。布巴和泰罗必须小心并熟练地驾驶他们的潜水器，以避免打扰这些生物。他们了解在这个独特的水下世界中尊重生命微妙平衡的重要性。当布巴和蒂罗深入这个充满奇观的世界时，他们惊讶地发现，即使在海洋最黑暗的角落，生命也能蓬勃发展并激发人们的敬畏。他们穿过这个发光洞穴的旅程展示了海洋创造令人惊叹的美丽和神秘的令人难以置信的能力。他们所面临的挑战只会加深他们对隐藏在海浪之下的惊人奇迹的尊重。

随着布巴和泰罗深入壕沟，周围海水的压力不断增大，黑暗也变得更加强烈。他们的高科技房间为这个奇怪的水下世界提供了唯一的光源，在周围投射出怪异的阴影。

海洋学家布巴对他们遇到的不寻常的海洋生物感到惊讶。巨大的、透明的、鳞片闪闪发光的生物滑过他们的房间，它们的大而圆的眼睛盯着陌生的访客。工程师泰罗对他们的舱室强度印象深刻，在深海的巨大压力下仍能保持良好状态。

但并非他们遇到的所有生物都是友好的。有些人有着锋利的牙齿和不友好的眼神，试图攻击他们的房间，将其误认为是食物。布巴和泰罗必须迅速采取行动并使用密室的防御系统。它发出高亢的声音，吓跑了那些有攻击性的人

生物。

他们穿越战壕的旅程既是为了生存，也是为了学习。布巴和泰罗利用他们的先进技术收集有关这些神秘生物的数据，同时小心翼翼地不要破坏这个隐藏世界的平衡。他们感觉自己就像来到一个

长期与人类隔绝的地方的卑微客人。当他们继续向深渊深处探索时，他们保持着高度的警惕。他们知道，在战壕的每个角落，都可能有更多神秘的生物在等待——有些好奇，有些不友好。冒险远未结束，深海的奥秘仍有待揭开。

在海洋探索的每一章中，布巴和蒂罗不断学习、适应，并对海洋令人难以置信的奥秘有了更深刻的认识。这一章让他们对海洋孕育生命的非凡能力感到敬畏，即使是在最意想不到、最迷人的地方。当潜艇在神秘的海洋深处滑行时，布巴不禁感到既兴奋又忐忑。外面漆黑的黑暗中点缀着生物发光生物的柔和光芒，在潜水器内营造出一种超凡脱俗的氛围。

布巴的好奇心战胜了他，他转向泰罗问道："你知道，泰罗，这整个情况非常奇怪。我的意思是，谁把一艘潜艇留在寺庙里很多年，然后告诉别人把它捡起来，而不知道我们要去哪里？你有预感发生什么事吗？"

泰罗挠了挠头，用不确定的语气回答道："巴巴，我希望我能得到更多答案，但我所知道的只是别人告诉我的。这艘潜艇有自己的导航系统，我奉命在那个寺庙里等你。除此之外，这是一个谜。但有时候，神秘可以带来伟大的冒险，你不觉得吗？"

布巴咯咯地笑了，他的冒险精神又被点燃了。"你说得有道理，泰罗。人们并不是每天都会在大洋中央的一艘没有明确目的地的潜艇中发现它们。我想我们即将开始一场奇妙的冒险。那么，告诉我，当你在寺庙里等待这些年的时候，你在做什么？这并不容易。”

泰罗微笑着，他的眼睛反映出长期孤独的人的智慧。“好吧，布巴，我花了很多时间研究寺庙的古代铭文并冥想。这个地方有一种宁静和神秘的气氛，非常迷人。当然，我一直在热切地等待你的到来，这本身就带来了兴奋。”

当潜艇继续下降到深渊时，布巴和蒂罗陷入了舒适的沉默，偶尔交换关于他们周围深海世界的美丽和神秘的想法。外面的生物发光生物像空灵的萤火虫一样跳舞，潜艇轻柔的嗡嗡声为他们的谈话提供了舒缓的背景。

他们殊不知，他们的未知之旅才刚刚开始，潜艇、神殿、海洋深处的秘密正等待着被揭开？

随着旅程的继续，布巴和泰罗休息了一下，补充了食物。这些紧凑的高科技袋子包含了他们海底冒险所需的所有营养物质。布巴拧开袋子的盖子，喝了一口，对着略带合成味道的味道做了个鬼脸。

泰罗手里拿着袋子，笑着说：“我承认，这不是最美味的一餐，但它会让我们继续前进。另外，这是我们使命的重要组成部分。”

布巴点点头，又喝了一口，目光落在桌面上一个奇特的水晶状物体上。它是半透明的，发出柔和的脉动光芒，在潜艇的内部投射出复杂的图案。

好奇心战胜了他，他伸手拿起了水晶。当他把它握在手里时，一种特殊的温暖和使命感笼罩着他。他转向泰罗，眼中充满兴奋和好奇，说道："泰罗，看看这个。我在桌子上发现了这块水晶，它有一些东西……感觉很重要，就像它试图告诉我们一些事情。"

泰罗检查了水晶，当他意识到它的重要性时，他睁大了眼睛。"布巴，这不是普通的水晶。这是一件被称为"海洋之心"的古老文物。传说，心脏拥有不可思议的力量，据说可以引导人们执行独特而重要的任务。它已经失踪了几个世纪。这太了不起了！"

布巴的心因敬畏和期待而狂跳。"所以，你的意思是告诉我，这块晶体与我们的任务和这艘潜艇有关？"

泰罗严肃地点点头。"看来是这样，布巴。事实上，你现在在这次旅程中找到了它，这并非巧合。海洋之心有一套方法来选择那些它认为值得执行最重要任务的人。我们需要破译它的信息并遵循它的指导。我相信这是解开未来谜团的钥匙。"

布巴和泰罗将海洋之心装在口袋里，回到了座位上。他们的兴奋是显而易见的，潜艇的导航系统似乎对古代文物的存在做出了反应。随着潜水器继续下降，他们的使命感和即将到来的任务的重量越来越强烈。很明显，他们的冒险正在发生意想不到的非凡转折，深海的奥秘即将揭开他们的秘密。

当潜艇在黑暗的海洋深处滑行时，布巴和泰罗之间的对话转向了宇宙的奥秘，为他们的旅程增添了一层知识。

布巴凝视着潜艇厚厚的舷窗外广阔的海洋，若有所思地说："你知道，蒂罗，这个水下世界就像另一个宇宙，与我们所知道的表面世界非常不同。这让你对我们世界之外的宇宙感到好奇，不是吗？"

泰罗总是乐于进行深思熟虑的讨论，他点点头。"确实如此，布巴。海洋深处提醒我，我们的星球还有多少地方尚未被探索，但它们也让我想起了更广阔的宇宙。宇宙无边无际，我们只触及了它的表面秘密。"布巴继续说道："我曾经听说过这个理论，在遥远的星系中可能存在其他智慧生命。你能想象与外星人接触会是什么样子吗？那将是令人兴奋的。"

泰罗笑道："这肯定是一个具有里程碑意义的发现。想想他们可能带来的知识和观点。这是科幻小说和科学事实领域中最令人兴奋的可能性之一。”

他们的谈话将他们带到了时间和空间的概念，布巴思考道：“时间旅行也是一个令人着迷的想法。如果我们能够回到过去，看到历史事件的展开，或者瞥见未来，会怎么样？可能性是无止境。”

泰罗被布巴的好奇心所吸引，回答道：“时间是一个特殊的维度，虽然我们在理解它方面取得了长足的进步，但仍有很多东西我们不知道。时间和空间的结构蕴藏着无数的谜团，这些谜团继续吸引着科学家和梦想家的心。”他们的谈话围绕着黑洞、平行宇宙的可能性以及多元大学的概念等话题展开。潜艇外的黑暗似乎反映出宇宙的浩瀚，让布巴和泰罗产生了一种谦卑和惊奇的感觉。

当他们思考宇宙的奥秘时，他们不禁感到，在神秘的“海洋之心”的引导下，他们目前的旅程只是等待解开的更宏大的宇宙叙事的一小部分。当布巴和泰罗深入探讨他们关于宇宙的话题时，实际上是来自未知星球的外星人的泰罗对自己微笑，但保持着人类的形态，继续表现得和布巴一样好奇。

当布巴提到与外星生物接触的可能性时，泰罗的思绪飘到了他的家乡星球和隐藏在海洋深处的基地。他知道他正在带布巴去一个人类未知的世界，泰罗的外星人同胞在那里建立了他们的基地，目的是研究地球的海洋并促进与人类的和平联系。泰罗的使命是弥合他的人民和地球人民之间的差距。

当布巴兴奋地思考时间旅行的概念时，泰罗意识到他先进的外星技术的秘密很快就会向他的新人类同伴透露。然而，泰罗这背后是有真正的意图的。他相信，通过分享他的知识，他可以帮助增进地球对宇宙的理解并促进两个物种之间的合作。

他们的谈话继续进行，泰罗分享了他对黑洞、平行宇宙和多元宇宙的想法，同时保持了他的人类外表。他很清楚，他的人民建立基地的海洋深处的秘密与这些神秘的概念有关。

布巴不知道的是，泰罗的任务不仅仅是把他带到外星人隐藏的水下世界。这是为了促进物种之间更深入的了解，超越地球表面和宇宙深处的界限。当潜艇进一步沉入海洋的深渊时，泰罗的隐藏议程仍然隐藏在他友好的举止背后，这让布巴对他们即将共同揭开的深海和宇宙的神秘秘密感到好奇。

中场休息

克莱图斯持续执行保护地球免受外星威胁的任务，但在混乱之中，出现了停顿。这个间歇标志着视角的转变，一个沉思的时刻，因为叙事走上了一条新的道路。

当故事暂时退入阴影时，一个新的角度即将被揭示。旅程发生了意想不到的转折，揭开了隐藏的秘密和意想不到的盟友。地球生存之战进入了一个新阶段，克莱图斯面临着挑战，这将重新定义他作为地球守护者的角色。

在这个中场休息时，深吸一口气，因为故事即将进入未知的领域，一个充满阴谋、联盟和未知前沿的世界。

准备好进入下一章，里面的敌人会以全新的形式出现，而赌注也比以往任何时候都更高。

内部敌人：

“克莱图斯为地球秘密而战”

随着故事的继续，可怕的情况逐渐展开。被斯科奇博士囚禁的克莱图斯先生在被捕前对他的发明“通用 Scamodification 装置”（USD Machine）进行了重大修改。这些修改与地球上发生的事件有关，并对正在展开的叙事产生了深远的影响。

斯科奇博士为了控制人类并确保地球上外星种族的未来，试图滥用美元机器。他的邪恶计划涉及操纵地球上孕妇的思想。该设备有能力影响下一代人类的发展，确保他们对外星入侵者的忠诚。

然而，斯科奇博士不知道的是，克莱图斯先生已经设置了巧妙的保护措施。他为机器编写了独特的安全功能。解锁设备的密码是五个点的序列，其编码条件是只有特定的一组人聚集在一起才能解锁它。

克莱特斯选择这种方法是为了确保机器不会被滥用于邪恶目的。可以触发机器的五个人需要在脖子下方具有一组特定的特征或标记，这是由克莱图斯的修改决定的。

随着故事的进一步展开，关键人物之一伊欧安从布罗德那里得知了这些修改。Eoan 的任务是找到其他四个拥有独特标记的人，并将他们聚集在一起以解锁 USD 机器。

布罗德在提供这一重要信息方面发挥了重要作用，他强调了这项任务的紧迫性。他强调，他们只剩下 23 天的时间来聚集这群人，如果他们失败了，灾难性的后果等待着他们。人类的生存取决于他们能否成功聚集这五个人

在迫在眉睫的最后期限之前。

布罗德的话点燃了伊安的决心和责任感，他开始执行一项任务，寻找其他可以激活美元机器的人。当他了解局势的严重性时，一种紧迫感和目标感驱使着他。

这一事件的转变标志着故事的关键时刻，聚集五人并阻止即将发生的灾难成为中心焦点。Eoan 寻找并团结该组织成员的旅程，以及布罗德利用老鼠建立的独特通讯网络，在剧情的展开中发挥了关键作用。

随着剧情的继续，悬念和期待也随之增加，为人类在地球上与时间赛跑和生存之战奠定了基础。

斯科奇博士坐在他宏伟的房间里，里面摆满了外星文物和先进技术。现已入狱的克莱图斯先生被带到他面前，他的姿势散发着坚韧的气息。斯科奇的眼睛闪烁着令人不安的决心。

Scorch：（傻笑）“Cletus，你一直都是个好奇的人，不是吗？探索新领域，发明这些迷人的装置。真的很遗憾，你竟然背弃了自己的同类。”

克莱图斯：（挑衅地）“我拒绝了毁灭，斯科奇。这不是办法。地球是一个奇迹，一个充满生命的星球，而人类……他们是一个令人难以置信的物种。他们值得蓬勃发展。”

Scorch：（微笑）“你变得多愁善感了，Cletus。我们的使命中没有情感的位置。地球只是另一种资源，是拼图的另一块。我们必须确保我们人民的主导地位，这意味着利用这个星球的力量。”

Cletus：（下定决心）“我不会参与其中。你也许俘虏了我，但你不会动摇我的决心。我已经确定了这一点。”Scorch 的眉头因怀疑而皱起。他靠近克莱图斯。

焦灼：“你在说什么？你做了什么？”

克莱图斯的眼睛里闪烁着狡黠的光芒。

Cletus：“我已经修改了 USD 机器，Scorch。我隐藏了有关地球的数据，只有具有特定标记的五个人才能访问它。”

Scorch：（愤怒）“你这个笨蛋！你以为你那点小保护就能阻止我吗？”

Cletus：（微笑）“这不是为了阻止你，Scorch。这是为了确保地球的秘密得到保护。只要那些真正重视它的人阻碍你，你就无法控制它的命运。”

斯科奇非常沮丧，但他知道克莱图斯比他更聪明。争夺地球控制权的战斗发生了意想不到的转变，正如克莱图斯所计划的那样，地球的命运现在取决于那些具有独特标记的人的聚集。

斯科奇博士的脸因愤怒和决心而扭曲，他让克莱图斯失去了行动能力。他不仅想让他闭嘴，还想让他闭嘴。他想确保克莱图斯不会再次干扰他的计划。

焦奇一挥手，启动了一系列先进的外星武器，散发出闪烁的能量场。这些武器的设计目的是操纵生物灵魂的本质。

Scorch：（语气不祥）“Cletus，你已经成为我们合法控制地球的障碍。我不会允许你的反抗继续下去。”

克莱图斯现在无法动弹，也无法说话，他无助地惊恐地看着能量场包围着他，逐渐笼罩着他的身体。随着这个过程的继续，他曾经挑衅的眼神充满了恐惧。

斯科奇的下属迅速采取行动，将克莱图斯转移到一个专门的收容室，这是一个透明的罐子，里面装满了怪异的半透明土壤。该坦克的设计目的是限制任何逃跑或与外界交流的企图。斯科奇：（对他的追随者说）“记住，我们不能允许任何人或任何事阻挡我们。这关系到我们人类的未来和我们对地球的统治地位。如果有人反对我们的使命，就把他们消灭掉。”

斯科奇的声明在他的外星部队中引起了震动。他们现在接到严格命令，必须消灭任何反对派，无论是谁。

随着故事的展开，斯科奇对权力的控制越来越紧，曾经秘密的控制地球的任务变得越来越残酷。地球及其居民的命运悬而未决，当斯科奇的残酷政权推进其危险计划时，一种紧迫感弥漫在整个故事中。

当斯科奇博士站在实现控制地球梦想的悬崖边时，一个重大的转变发生了。他准备隆重登场，期待着占领地球的时机已经成熟，但他所遇到的却超出了他最疯狂的想象。

让他惊讶的是，人类不仅恢复了正常状态，而且恢复了与祖先一样的智慧和团结。这种转变是集体努力的结果，证明了人类精神的韧性。全世界的每个人都怀着深深的感激之情庆祝自己重获自由。由 Broad、Ken、Eoan、Rithi、Aplade、Tyro 和 Hubris 组成的团队对他们的成功感到兴奋。他们不仅获得了自己的自由，还从斯科奇博士的恶意计划中拯救了整个星球。

斯科奇的一位助手意识到人类的青睐发生了巨大的转变，向他的领主传达了这个令人震惊的消息

。

助手：（战战兢兢）“现在想要与人类战斗几乎是不可能的。他们不仅恢复了技术实力，而且在彼此之间找到了团结。”

斯科奇博士虽然大吃一惊，但拒绝接受失败。他无情的野心驱使他继续他的计划，即使这意味着诉诸阴险的方法。

Scorch：（坚决）“还没结束。我已经在他们的心中播下了消极的种子。虽然他们现在看起来团结而善良，但那些黑暗的人

冲动会不时地重新出现。”

为了展示他的观点，斯科奇展示了一种不寻常的设备，即“胚胎分析仪”。这台机器有两列，一列为绿色，另一列为红色。绿色的柱子充满了人类所做的每一件善行，而红色的柱子则充满了人类所做的每一件恶行。

斯科奇：“他们可能做了好事，但他们仍然受到消极倾向的困扰。如果红色达到极限，人类的团结就会崩溃，他们的生存就会陷入危险。”

随着这一不祥的宣告，关于地球命运的战斗仍在继续，胜利与失败之间的界限仍然非常狭窄。故事的结局还很不确定，人类的命运正处于刀刃上

。

在斯科奇博士和坚决的人类之间的高风险战斗中，克莱图斯先生拥有自己的秘密武器。这项发明使他能够以复杂的模式和频率传输他的思想、想法和关键数据。这项技术是他保护有关地球秘密的宝贵信息的最后希望，因为焦奇已经占有了他的美元机器。

然而，存在一个严峻的挑战——只有 Scorch 现在控制的机器才能解码这些复杂的图案。这是两个前盟友之间的一场高风险的猫鼠游戏，地球的未来悬而未决。

克莱图斯忠实的朋友们设法逃离了斯科奇的魔爪，踏上了属于他们自己的勇敢旅程。凭借在水下呼吸的能力，他们潜入了海洋深处，远离了焦奇险恶的基地。在那里，在神秘的深渊里，他们孜孜不倦地努力建立一个隐藏的外星人基地。

这个水下避难所隐藏在海洋最黑暗的地方，将成为那些反对斯科奇恶意设计的人的避风港。该基地配备了先进的技术和保守的秘密，最终将有助于对抗斯科奇的暴政。

与此同时，布巴和泰罗为了追求自己的使命，潜入了海洋深处。他们不知道的是，他们正在踏上一段前往外星人基地的旅程，那里是隐藏在海浪之下的知识和希望的避难所。

他们的旅程不仅仅是物理上的旅程，更是一场旅程。这是一次深入地球奥秘中心的航行。海洋深处蕴藏着自己的秘密，深海世界是一个充满神秘色彩的奇妙国度。布巴和泰罗的探索将引导他们揭开地球隐藏的历史及其非凡的捍卫者的真相。当他们冒险深入深渊时，他们不知不觉地被吸引到了外星人基地，正义的力量正在那里聚集，准备与斯科奇博士进行最后的抵抗。一场波涛之下的盛大对决的舞台已经搭建完毕，地球的命运将一劳永逸地决定。

在故事的展开中，出现了一个有趣且关键的细节：人类和外星人的寿命形成鲜明对比。这种独特的特征将成为叙述中的关键因素，在两个物种之间造成年龄和经验上的巨大差距。对于人类来说，地球上的生命短暂且转瞬即逝，平均寿命约为 70 至 100 年。人最多只能活一个世纪，而他们的生命则以时间的飞逝为标志。

与此形成鲜明对比的是，外星人拥有非凡的长寿天赋。一个仅仅 10 岁的外星人就相当于一个 100 岁的人类。这种寿命上的巨大差异造成了观点和经验上的深刻差异。外星人以数百年积累的智慧观察世界，而人类以转瞬即逝的紧迫感体验生活。

这种对时间和每个时刻的价值的认知上的差异将在事件的发展中发挥重要作用。外星人古老的智慧，经过几个世纪的经验锤炼，将与人类的活力和韧性以及他们保卫世界的决心进行对抗。

这个故事将继续探索这种年龄差距的后果，研究它如何影响决策、观点以及适应未来不断变化的挑战的能力。人类的短暂性和外星人的长寿并置将增加叙事的深度和复杂性，揭示两个物种对比的优势和弱点。

《深处的灯火》

当潜水器在寂静的海洋深处滑行时，布巴忍不住注意到远处令人着迷的景象。他拍了拍泰罗的肩膀，指着黑暗中舞动的霓虹灯色彩的空灵光芒。

“泰罗，那边那个美丽的地方是什么？”布巴问道，声音里充满了惊奇。

泰罗透过潜水器的窗户往外看，顺着布巴伸出的手指望向霓虹灯闪烁的景象。他的嘴角浮现出会心的微笑。“我的朋友，那是外星人基地。它与地球上任何其他地方都不一样。”

泰罗解释时，布巴睁大了眼睛。“你看，外星人在水下呼吸就像在陆地上一样轻松。他们在巨大的岩石结构下创造了一个巨大的气泡。这个基地给了他们独特的优势，使他们能够利用海洋和陆地资源。”

当他们越来越接近基地时，行动的规模就变得显而易见。岩层看起来几乎就像一座天然岛屿，隐藏着隐藏在下面的先进技术。霓虹灯不仅仅是为了美观，也是为了美观。它们充当了标记这个非凡水下保护区位置的灯塔。

泰罗继续说道，“这是地球上唯一一个有可能对抗斯科奇博士以及人类与外星人之间可能发生的战争的地方。陆地和海洋资源的融合使其成为一个强大的据点。”

布巴点点头，意识到了外星人基地的战略意义。当他们接近入口时，他不禁感到兴奋和惶恐。在这个神秘的地方，有什么秘密和挑战在等待着他们呢？

潜水器下降到气泡中，他们下船，受到正在忙着他们事情的外星生物的欢迎。水生和陆地生命的超现实融合证明了这些生物的聪明才智。布巴和泰罗即将踏上一段旅程，这不仅将揭开外星人基地的奥秘，而且还将掌握人类未来的钥匙。

布巴和蒂罗在进入这个非凡的水下世界的每一步都感受到了他们使命的重量和随之而来的责任。地球及其居民的命运现在落在了他们的肩上，他们深入研究了深处的光。

在外星基地内，布巴和泰罗从潜水器上下来，立即被奇怪的外星生物包围。这些生物有一种熟悉的感觉，这让布巴感到困惑。他从来没有来过这个地方，他们怎么好像认识他？

当布巴更仔细地观察这些生物时，他注意到墙上有一些奇特的展示。这些显示器显示了他母亲尼丽莎在远处的图像、她当前的健康状况，甚至还有她的现场录像。在一次展示中，他看到他的父亲和其他亲戚正在玩年轻版本的自己。就好像他们已经监视他和他的家人很久了。

布巴简直不敢相信自己的眼睛。“这怎么可能？”他低声说道，感到一阵震惊和困惑。他转向泰罗，泰罗表情严肃。

泰罗示意布巴跟上，外星生物带领他们深入基地内的一个洞穴状结构。布巴脑子里闪过一百万个问题，但他一个也说不出来。这种超现实的情况让他目瞪口呆。

当他们进入洞穴时，墙壁上的全息投影似乎变得栩栩如生，展示了多年来他们与布巴家人互动的历史。外星人世世代代监视和研究布巴及其家人，他们对人类行为和生物学有着深刻的了解。

布巴的震惊开始转变为好奇和忧虑的混合体。这次监视的目的是什么？为什么他们对他的家人如此感兴趣，他们现在想从他那里得到什么？随着深入外星人基地的每一步，谜团和问题越来越多，布巴决心找到答案。

布巴看着全息显示屏，完全沉浸在眼前展开的迷人故事中。该投影讲述了一位太空旅行者克莱图斯先生的故事，他迫降在一个新星球——地球上。当他走出飞船，接触到外星球的表面时，一种惊奇和兴奋的感觉充满了他的内心。

展览生动地描绘了克莱特斯先生对地球引力的体验、他对未知世界的迷恋以及他与地球居民的初次接触。布巴情不自禁地对这个陌生人的旅程产生了一种联系，尽管它发生在遥远的过去。

随着全息图的继续，布巴目睹了克莱图斯先生从远处观察地球上的生物，包括人类。显示屏上显示，克莱特斯先生躲在一棵树后面，渴望了解更多有关这些的信息，他的表情既好奇又惶恐。

人类。

当布巴继续观看全息故事时，他的好奇心与日俱增。他的脑海里有一种奇怪的熟悉感，但又说不上来。他几乎不知道这种联系的根源比他想象的要深得多。

全息图随后详细介绍了克莱图斯先生为实验收集人体样本的尝试。布巴还不知道的是，有史以来收集到的第一个人类样本是他祖父母的样本。克莱特斯先生对布巴的家人非常感兴趣，他持续监视他们近 30 个地球年，而这对克莱特斯先生和他的朋友们来说只有几个月的时间。

布巴不知道，刚刚离开去处理紧急事务的泰罗是克莱图斯先生的儿子。他承担起照顾布巴和他的家人的任务，确保他们的安全和健康。他们与人类的联系根深蒂固。当布巴观察全息故事时，一个奇怪的外星生物向他靠近。这个生物看起来非常像泰罗，但又截然不同，以至于无法被认出来。它漫不经心地对布巴说话，布巴看不出它的真实身份。

过了一会儿，布巴才恍然大悟，他惊讶地看着。“初学者？真的是你吗？”他睁大眼睛，惊讶地问道。

外星人形态的泰罗点点头。“是的，布巴。我可以将自己变成任何我选择的形态。这是我们能力的一部分。”

布巴对这一发现感到震惊。外星人和他的家人之间错综复杂的联系网络和深厚的历史让他敬畏不已。围绕这个地方的谜团、他自己的遗产以及他在这些正在发生的事件中扮演的角色变得更加复杂和有趣。

当布巴在泰罗的带领下走过外星人基地时，他的惊讶感不断增长。该基地是一个活动中心，人类和外星人和谐共处。正是在这里，地球居民从他们的外星盟友那里接受训练和知识，以推动和保护地球。

布巴简直不敢相信他所看到的。基地里的人类正在接受各种形式的训练，向外星人学习。这些场景证明了保护地球的集体努力。不仅人类做好了准备，就连海洋生物，从最小的到最大的，都在接受指导。

当布巴观察到一群人类与海豚合作时，他情不自禁地走近了他们。海豚似乎能理解人类的手势和命令，完美和谐地合作。布巴与参与这一独特训练计划的其中一名人员进行了交谈。

“哇，”布巴惊呼道，“这太不可思议了！我从来没有想过我们可以这样和海豚交流。它是如何工作的？”

这个人类是一位名叫莎拉的海洋生物学家，微笑着回答道：“这是技术和外星人对海洋生物的理解的结合。我们使用的设备可以帮助将我们的信号转化为海豚可以理解的东西。凭借他们的智慧和合作，我们在缩小我们物种之间的差距方面取得了惊人的进展。”

布巴敬畏地点点头。显然，这种合作不仅有利于地球的防御，而且有利于促进人类和与他们共享地球的生物之间更深层次的联系。

当他们继续旅行时，布巴不禁感受到一种深深的希望和乐观。该基地证明了合作和知识共享的力量，这里所做的工作是进步和为未来做好准备的灯塔。

布巴转向一直默默观察着这一幕的泰罗。“这太棒了，泰罗。但你为什么带我来这里？我在这一切中扮演什么角色？”

泰罗用一种会意的眼神看着布巴。“我们把你带到这里，布巴，因为你是我们两个世界之间的桥梁。你与人类的独特联系和你的智慧使你成为我们保护地球努力的重要组成部分。有一个角色只有你才能扮演，现在是我们开始让你为此做好准备的时候了。”

当布巴靠近一群正在训练巨大的水龙和鲸鱼的人类时，他睁大了眼睛。其中一位训练师是一位举止热情友善的女士，她注意到了布巴的好奇心，微笑着欢迎了他。她的名字叫奥利维亚·芬奇博士，是一位海洋生物学家，致力于了解人类与这些雄伟海洋生物之间的复杂关系。

布巴无法抑制自己的惊奇和热情。“芬奇博士，这太令人惊讶了！我从来没有见过人类和海洋生物这样合作。你怎么会来到这个非凡的地方？”

当芬奇博士分享她的故事时，她的眼睛闪闪发光。“这真是一段旅程，布巴。这一切都始于 Scorch 博士启动通用 Scammodification 装置时。很多人，包括我，都受到了影响。但我们中的一些人，我们设法找到

一种抵抗其全部影响的方法。”

布巴皱起了眉头。“抵抗？如何？”

芬奇博士倾身过来，她的声音充满了决心。“我们发现，通过接受外星朋友的知识和帮助，我们可以增强对斯卡修改装置的抵抗力。他们为我们提供了先进的技术和治疗方法来对抗其影响。”

布巴的好奇心加深了。“所以，这就是你来这里的原因。你们已经找到了一种方法来保护自己免受斯科奇博士的设备的侵害。”

芬奇博士点点头。“确切地。我们已经成为抵抗的据点，一个我们可以让自己和他人为即将到来

的挑战做好准备的地方。我们与外星人的联盟在这一努力中发挥了无价的作用。现在，你是其中的一部分了，布巴。你掌握着通往更大可能性的钥匙。”

布巴对这些启示感到震惊。很明显，外星人基地不仅是一个避难所，而且还是抵抗 Scorch 博士压迫性技术的中心。这里的人类找到了保护自己的方法，而布巴在这个宏伟计划中的角色也变得越来越清晰。

带着新的目标和决心，布巴意识到他的旅程不仅仅是为了生存，也是为了对抗迫在眉睫的威胁。他转向泰罗，准备好在这场保护人类和地球的史诗般的斗争中扮演自己的角色。

当布巴回忆起导致他走到这一刻的事件时，他的思绪飞速运转。布罗德实验室计算机的启动、美元机器的停用以及随后它对人类的影响的消失带来了一个转折点。他之前的傲慢身份以及他与黑点任务的联系的记忆如潮水般涌上心头。

但布巴的脑海里还有更紧迫的事情。他迫切地想要找到克莱图斯。这位神秘的科学家在他从傲慢到布巴的转变过程中发挥了关键作用，而布巴与他有着深厚的联系。他无法摆脱克莱图斯可能就在外星人基地的某个地方的感觉。

正当布巴思考这些问题时，一只奇怪的昆虫落在了他的脖子上，狠狠地咬了一口。起初，他痛苦地皱起眉头，但随后他意识到这一口是有目的的。当咬到第三口时，他突然想起了之前从未有过的记忆。

记忆像洪流一样涌来，揭示了他隐藏的过去和他傲慢的角色。他想起了他第一次见到泰罗的神庙，想起了涉及黑点的复杂任务，以及找到克莱图斯的重要性。

布巴决心寻找答案并与过去重新建立联系，他转向了泰罗。“泰罗，我需要找到克莱图斯。我现在想起来了，他是这一切的关键部分。你能帮我找到他吗？我有一些问题只有他才能回答。”

当他们讨论寻找克莱图斯时，布巴注意到泰罗眼中涌出的情绪。他看到朋友内心深处的悲伤，忍不住温柔地问道：“泰罗，怎么了？看来你对此很感慨。有没有

有什么事你不告诉我吗？”

泰罗重重地叹了口气，开始谈论他的父亲。“布巴，你刚刚让我想起了一些我一直试图忘记的事情。我的父亲，克莱特斯博士，是一位杰出的科学家，他发现了管道中看不见的土壤与这个外星基地之间的联系。”

布巴能感觉到泰罗声音中的痛苦，并把一只手放在他的肩膀上，以保证他的安全。“我是为了你而来，泰罗。您不必独自经历这一切。告诉我更多关于你父亲的事。”

泰罗继续说道，“斯科奇博士抓走了我的父亲，并把他关押了很长时间。这不仅仅是监禁；Cletus 被用来操纵看不见的土壤，而土壤又与这个基地有联系。他的情况很糟糕，布巴。他多年来一直在受苦。”

布巴感到悲伤和决心交织在一起。“我们必须救他，泰罗。我们不能让斯科奇博士继续这样利用你的父亲。我向你保证，我们会找到办法让他重获自由。”

泰罗的眼里涌出了泪水，他感激地看着布巴。“谢谢你，布巴。你是一个真正的朋友。让我们共同努力拯救我的父亲并揭开黑点任务的真相。”

当他们分享这个庄严的时刻时，布巴和泰罗结下了牢不可破的纽带，决心营救克莱图斯博士并结束因斯科奇博士的残酷操纵而造成的痛苦。

异星基地里的警报声震耳欲聋，急切的哀嚎声划破长空。人和各种生物，人类、海洋生物、外星人，都向岸边冲去。布巴和泰罗也加入了兴奋和焦虑的行列，不完全确定是什么引发了这一重大事件。

当他们到达岸边时，看到眼前令人难以置信的景象，他们的眼里充满了惊奇和泪水。一群人类和外星人从一次任务中返回，他们带着装着克莱图斯博士的珍贵管子。整个基地爆发出欢呼声、欢呼声、热烈的掌声。这是一个超越界限和物种的团结和庆祝时刻。

布巴转向泰罗，他的眼睛里闪烁着激动的光芒。“蒂罗，这太神奇了！看看每个人脸上都洋溢着幸福的表情。你父亲回来了，这都是因为人类和外星人的合作。”

泰罗的声音因激动而颤抖，他回答道：“巴巴，我不敢相信会发生这样的事。我的父亲克莱图斯已经受苦太久了。正是这里的人们，人类和外星人的共同努力，使这次救援成为可能。他们是真正的英雄。”

当这群人拿着装着克莱图斯博士的管子走近时，周围的欢呼声仍在继续。在先进技术的帮助下，他们开始了对他的复苏。布巴和泰罗屏住呼吸地看着，这一刻的压力压在他们身上。

当克莱图斯的身体开始出现生命迹象时，泰罗忍不住流下了眼泪。他转向布巴，声音因激动而哽咽。“布巴，我以为我可能永远也见不到这一天了。我的父亲要回到我们身边了。谢谢你陪我度过这一切。我无法表达这对我来说有多么重要。”

布巴含着泪水微笑着，将一只手放在泰罗的肩膀上。“蒂罗，我们在一起。你父亲的回归证明了合作的力量和人类精神的韧性。让我们在那里欢迎他回来并庆祝这个令人难以置信的时刻。”

当克莱图斯博士多年来第一次呼吸时，基地里响起了人类、外星人和海洋生物的欢呼声和掌声。这是一个胜利的时刻，是团结的象征，并提醒人们，只要齐心协力，他们就能克服任何挑战，无论多么艰巨。

当一行人带着仍然昏迷不醒的克莱图斯博士返回基地时，庆祝的气氛显而易见，但他的复活过程还剩下关键的一步。装着克莱图斯的管子只有在布巴和海洋之心的帮助下才能打开。

他小心翼翼地放在口袋里的水晶。

在欢呼声和掌声中，布巴深吸了一口气，心中充满期待。他把手伸进口袋，取出了闪闪发光的海洋之心。水晶似乎充满了自己的生命，仿佛感觉到了眼前的艰巨任务。

布巴走近地铁，泰罗和聚集的人群满怀希望和信心地看着。他用稳健的手，将海洋之心触到了管子的表面。当晶体与电子管的先进技术相结合时，会发出柔和、飘逸的光芒。

管子开始发出嘶嘶声，其机械装置精确地解锁。管子的盖子慢慢地、小心翼翼地打开，露出了克莱图斯博士仍处于昏迷状态的身影。这是一个集体松了口气的时刻，基地陷入一片肃静，等待这位掌握着众多谜团钥匙的科学家的苏醒。

克莱图斯的呼吸依然平稳，但还没有恢复知觉。基地的居民屏住了呼吸，对他已经摆脱了斯科奇博士的掌控的未来充满希望。

克莱图斯博士是一位杰出的科学家和发明家，他开创了一项被称为“思考者”的突破性技术。“思考者”这个名字是“思想”和“绘图者”的组合，象征着其将人类思维的复杂模式转化为有形和可理解的形式的独特能力。

思想者不仅仅是一台机器；它也是一台机器。这是一个独创性的奇迹。它可以拦截并记录克莱图斯博士思想产生的频率，收集复杂的模式并将它们编码成视觉或听觉格式。这项技术为人类和外星人之间的知识和思想交流开辟了前所未有的可能性，因为它可以通过直接挖掘个人内心深处的想法来弥合沟通的鸿沟。

将克莱图斯博士从斯科奇博士手中救出是一项艰巨的任务，需要人类和外星人的共同努力。这两个物种之间的联盟进一步巩固，因为他们共同致力于将克莱图斯带回他已经分离了很长时间的世界。

思想者不仅是克莱图斯博士非凡智慧的象征，也是希望的灯塔。它的潜在应用是无限的，随着科学家的回归，人类和外星人的合作努力可以继续下去，思想者作为他们理解和共同进步的桥梁。

当克莱图斯博士仍处于无意识状态时，基地居民知道思想者的发明者掌握着打开知识、理解和协作新领域的钥匙。他们决心照顾他恢复健康，并庆祝这次团聚，这将为所有人带来更光明的未来。

《布巴的最后一站》

在实验室里，两名医生马库斯·格雷森博士和埃莉诺·威尔斯博士挤在失去知觉的克莱特斯身上。他们一直在努力抢救他，但他的情况仍然危急。房间里充满了紧迫感，因为他们知道时间不多了。

格雷森博士是一位被野心和权力驱动的科学家，他转向威尔斯博士，他的声音充满了挫败感。"威尔斯博士，我们已经尝试了一切方法来叫醒他，但似乎没有效果。我们需要尽快找到解决方案。克莱特斯的知识对我们的研究至关重要。"

威尔斯博士对布巴和克莱特斯之间的联系有着深刻的了解，他坚定地回答道："我一直在想，格雷森博士。或许有办法复活克莱图斯，但需要使用布巴的血样。我们知道他们两个有着独特的联系。"格雷森博士皱起眉头，表示怀疑，但又很好奇。"布巴的血样？这有什么帮助呢？"

威尔斯博士解释说："布巴的转变与克莱图斯的研究息息相关，而且他们之间的联系比我们想象的要牢固。如果我们将布巴的血液注入克莱图斯，可能会启动他的系统。但我们必须迅速采取行动。"

格雷森博士犹豫了，在他对权力的渴望和形势的紧迫性之间左右为难。沉思片刻后，他点了点头。“好吧，我们就按照你的计划进行吧。我们不能失去克莱图斯。他是释放我们研究全部潜力的关键。”

两位医生迅速准备获取布巴的血液样本。他们知道，这场孤注一掷的赌博可能是拯救克莱图斯并利用他的知识为自己谋取利益的唯一方法。但他们几乎不知道，他们的行动将引发一系列事件，这些事件将挑战他们使命的基础，并带来改变他们命运进程的清算。

当马库斯·格雷森医生和埃莉诺·威尔斯医生匆忙准备获取布巴的血液样本时，情况的紧迫性让他们心神沉重。克莱特斯的尸体躺在敞开的管子里，暴露在支撑他多年的看不见的土壤中。透明的土壤开始失去它的潜力，房间里充满了越来越强烈的紧迫感。

威尔斯博士的声音里带着担忧，她解释道：“格雷森博士，我们的时间不多了。由于管子已打开，看不见的土壤正在失去其特性。一旦它变得完全不透明，它就会变得坚如磐石，并永久吞噬克莱图斯的身体。”

格雷森博士点点头，意识到了情况的严重性。“那么我们必须迅速采取行动。布巴的血可能是复活克莱图斯并防止他宝贵的知识丢失的唯一方法。”

带着坚定的决心，他们小心地提取了布巴的血液样本，并开始将其注入克莱图斯的系统中。当他们监控手术的每一个细节时，房间里充满了紧张气氛，因为他们知道克莱特斯的命运和他们研究的未来取决于它的成功。时间一分一秒地过去，透明的泥土继续变化，房间里变得更加紧迫。时间已经不多了，两位医生只能希望他们孤注一掷的赌博能够在为时已晚之前将克莱图斯从悬崖边拉回来。

当布巴准备献血来救活克莱图斯时，他的思绪被家人的美好回忆所淹没。在全息图显示中，他观看了父母 Morvane 和 Nerissa 的直播，他们正在真诚地谈论儿子的未来。他们的声音充满欢乐和感情，在布巴的内心创造出一种苦乐参半的情感。

莫凡自豪地说：“尼丽莎，你能相信我们的孩子已经走到了这一步吗？他的智慧和勇气每天都令我惊叹。他注定会成就伟大的事业，我就知道这一点。”

妮莉莎的眼睛里闪烁着爱意，回答道：“我完全同意，莫凡。我们的布巴是一位了不起的年轻人。我毫不怀疑他会让我们在未来的岁月里更加自豪。”布巴听了他们的话，心中涌起一股温暖。

他与父母的关系牢不可破，他们坚定不移的支持带领他度过了最具挑战性的时期。

但就在他的情感遐想中，布巴最初尝试献血的尝试没有成功。他与家人的深厚联系以及对他们爱情的记忆暂时打乱了这个过程。他需要摆脱这些情绪才能顺利完成手术。

当他第二次尝试时，一种坚定的感觉涌上心头。他将注意力集中在眼前的任务上，压抑着与父母有关的压倒性的情绪。这一次，血液顺利流入输血器，让他们看到了希望。

然而，随着手术的继续，直播中发生了意想不到的令人震惊的事件。布巴的影像突然从全息图显示中消失。Morvane 和 Nerissa 一直在快乐地进行着

谈话中，彼此交换了惊慌的眼神。

尼莉莎喊道：“布巴？他去哪了？他就在那里。”

莫凡的声音颤抖着喊道：“布巴！你可以听见我们吗？”

直播间原本欢乐的气氛变得紧张和焦虑，莫凡和妮莉莎开始拼命寻找失踪的儿子。布巴无助地看着，他自己的情绪与父母的恐慌相呼应。意外失踪给本已危急的局势增添了新的不确定性和紧迫性，让实验室里的每个人都紧张不安。

马库斯·格雷森博士和埃莉诺·威尔斯博士从实验室出来，他们的脸上承载着他们刚刚做出的关键决定。他们紧急将泰罗叫到基地一个安静的角落，远离其他人的窥探和耳朵。泰罗的焦虑显而易见，他用一种混合着希望和恐惧的眼神看着他们。“你发现了什么？有什么办法可以救我父亲吗？”格雷森博士首先发言，他的声音中充满了紧迫感。“泰罗，布巴的心里出现了一种独特的反应。这是我们以前从未见过的东西，我们相信它可能是复兴克莱图斯的关键。但是，这是一个危险且未经测试的程序，并且不能保证成功。”

威尔斯医生的眼睛里充满了同情，补充道：“为了拯救克莱特斯，布巴必须做出巨大的牺牲。我们需要他的心脏反应样本来进行手术。但是，泰罗，这是一项高风险的工作，可能会夺去布巴的生命。”

当泰罗努力应对局势的严重性时，他的情绪在他内心翻腾。他的父亲克莱图斯处于危险之中，而他的朋友布巴现在面临着牺牲自己生命来拯救他的可能性。

他想起了他与布巴建立的联系，以及布巴在他们整个旅程中对他所表现出的坚定支持。但他也无法忍受失去父亲，因为他一直相信他和他的潜力。泰罗终于用颤抖的声音说道：“我不能失去他们中的任何一个。布巴是我的朋友，克莱图斯是我的父亲。我需要一些时间思考。请给我一点时间做决定。”

格雷森博士和威尔斯博士点点头，理解泰罗必须做出的决定的重要性。“慢慢来，泰罗。当您准备好时我们会在这里。但请理解，克莱特斯的时间已经不多了。”

就这样，他们让泰罗努力应对摆在面前的不可能的决定，他的心情沉重，因为他知道他可能必须在他生命中最重要的两个人之间做出选择。

泰罗和思想者单独在一起，陷入了情感和决定的旋风之中。他盯着正在绘制的奇怪图案，意识到它们来自布巴的思想。就好像他的朋友正准备做出最终的牺牲一样，试图用一种无法用言语表达的方式与他交流。

全息图案在泰罗眼前舞动，他开始破译布巴用自己的思想创造的复杂密码。在这片刻的寂静中，他感受到了与朋友之间的强烈联系，这种联系超越了言语和行动。

当泰罗拼凑出这个模式时，他能感觉到布巴内心冲突的深度、他对家人的爱和奉献以及他拯救克莱图斯的渴望。这是无私和勇敢的信息，证明了他朋友的非凡品格。

在这场无声的谈话中，泰罗发现自己正在与自己内心的混乱作斗争。他质疑自己是否能够承受失去父亲克莱特斯或忠诚的朋友布巴。眼前的选择之重似乎几乎难以承受。

泰罗眼里含着泪水，轻声自言自语道：“我不能让他们失望。布巴愿意为克莱图斯牺牲自己，而我父亲的生命悬而未决。我需要找到一种方法来拯救他们两个。”

思想者继续绘制图案，无声地提醒人们布巴愿意承担的巨大勇气和牺牲。对于蒂罗来说，这是一个深刻反省的时刻，他知道他所做的决定将影响他最亲爱的人的命运。

泰罗退回到一个远离窥探的密室，世界的重担都压在他的肩上。在房间内，他小心翼翼地接触到一个小心翼翼地嵌入他颈背的小装置。他迅速启动了它，瞬间，泰罗发现自己被传送到了一台名为“Infineighteen”的超现实机器中。

这项非凡的发明由泰罗本人创造，拥有进入他人思想并在短短几秒钟内操纵他们思想的能力。唯一的条件是受试者必须躺在管内的透明土壤上。泰罗的发现是与他的父亲克莱图斯共同努力的成果，但当克莱图斯被斯科奇博士拘留时，这一合作就被终止了。

在 Infineighteen 里，泰罗可以穿越一个人错综复杂的思想，一个充满记忆、情感和欲望的地方。他曾将这项技术用于各种目的，但现在，情况比以往更加严峻。

当泰罗准备使用无限十八时，他不禁想起了克莱图斯和布巴。他们共同参与这项发明的回忆、他们分享的笑声以及他们对未来的希望充斥着他的脑海。这提醒了他与他们两人之间的纽带，现在他决心不惜一切代价保护这种纽带。

泰罗知道他有一个独特的机会进入布巴的思想，了解他朋友的想法的深度，并有可能影响未来的决定。深吸一口气，他启动了序列，进入了布巴意识的错综复杂的迷宫。

当泰罗冒险进入布巴思想的迷宫时，他敏锐地意识到 Infineighteen 机器所施加的时间限制。它有能力在短短十八分钟内深入一个人的思想深处，这是一个既是福也是祸的机会之窗。有趣的是，无限十八带来了可怕的后果。任何利用它渗透他人思想并在思想领域逾期停留的人都会发现自己徘徊在被称为“遗忘细胞”的危险区域。这个危险的领域有能力抹去一个人的存在，导致的命运只能被描述为一种心理死亡。

对于泰罗来说，这给他的任务增添了紧迫感。他需要穿越布巴意识的迷宫，了解他朋友内心的混乱，并以一种能够拯救布巴和克莱图斯的方式影响他的决定，所有这一切都在十八分钟的严格限制内。时间一分一秒地过去，泰罗知道，当他深入布巴的内心深处时，每一秒都很重要，他充分意识到其中涉及到的生死攸关的利害关系。

在布巴错综复杂的心灵景观中，泰罗和布巴的意识面对面站着。Infineighteen 机器内的数字时钟提醒他们在进行深刻的情感对话时滴答作响的秒数。

当泰罗恳求他的朋友时，泪水夺眶而出，“巴巴，你不能这样做。我不能失去你。克莱特斯很重要，但你也很重要。你是我的一切。”

布巴的眼睛湿润了，他试图说服泰罗，“泰罗，克莱图斯拥有可以改变世界的知识。我的生命只是其中之一，但你父亲的工作可以造福无数的生命。这是正确的选择。”

泰罗摇摇头，声音颤抖，“你们两个都很重要。我无法忍受失去你们两个。”

在后台，Infineighteen 机器的时钟继续倒计时。

布巴伸出手握住了泰罗的手，握得很稳，充满了真诚。“听着，泰罗，如果我无法挺过去，请答应我，你会告诉我的父母，我爱他们。告诉他们我这样做是为了一个更美好的世界，也是为了你，我最亲爱的朋友。”

泰罗点点头，泪水顺着脸颊流下来。“我保证，布巴。但让我们一起寻找另一种方式。我们会救你和我父亲。”

布巴虚弱地笑了笑，声音里充满了温暖，“这就是精神，泰罗。永不放弃。现在，利用我们剩下的时间来帮助克莱图斯。我相信你，我的朋友。”

随着时间的流逝，布巴通过泰罗发出了最后一条衷心的信息。在现实世界中，Infineighteen 机器开始关闭，布巴的意识准备离开泰罗的思维。

最后一次拥抱时，布巴低声对泰罗说："告诉我的父母，我爱他们，我会在精神上与他们同在。请记住，我的朋友，你永远不会孤单。你有力量拯救我们所有人。"

当 Infineighteen 计时器归零时，布巴的意识开始消退，泰罗肩上担负着整个世界的重担，并为他亲爱的朋友兑现了承诺。当泰罗从布巴的意识深处回来时，他遇到了两位医生，马库斯·格雷森医生和埃莉诺·威尔斯医生。他们的脸上充满了担忧和期待，因为他们刚刚完成了微妙的手术

涉及布巴的心。

泰罗气喘吁吁、情绪疲惫，艰难地寻找言语。他解释说："我在布巴的心里，他做出了牺牲……无私的牺牲。我不能让他经历这一切。"

医生们交换了一个眼神，都明白了事态的严重性。格雷森医生轻声说道："蒂罗，我们必须继续进行手术。我们取出了布巴的心脏并用样本复活了克莱图斯。这是我们拯救他的唯一机会。"

当泰罗冲到存放克莱图斯和布巴尸体的实验室时，他感到一阵沉重的内疚和悲伤。他走近布巴毫无生气的身躯，将一只颤抖的手放在他朋友的额头上。他的眼里充满了泪水，他衷心地低语道：“谢谢你，布巴，你的牺牲。我很抱歉。”

房间里充满了阴沉的气氛，泰罗的悲痛溢于言表。他因失去挚友而心痛不已。但正当他准备接受牺牲时，肩膀上轻轻的一碰让他转过身来。

从沉睡中醒来的是他的父亲克莱图斯。克莱特斯眼中的表情混合着感激、爱意和宽慰。他把手搭在泰罗的肩膀上，语气充满感情地说：“谢谢你，我的儿子，把我带了回来。感谢您与布巴坚定不移的友谊。他做出了最终的牺牲，我保证我们将纪念他。”

在那令人心酸的时刻，房间里充满了深深的失落和新生的感觉。布巴的牺牲给了克莱图斯第二次生命的机会，而泰罗的勇气弥合了绝望与希望之间的鸿沟。这证明了他们之间的联系有多牢固，也证明了他们愿意不遗余力地保护和拯救彼此。当克莱图斯对儿子发现无限十八号感到惊讶时，他的眼中燃起了希望的火花。他忍不住问了一个紧迫的问题：“泰罗，布巴的心脏与身体分离已经过去多久了？”马库斯·格雷森医生和埃莉诺·威尔斯医生这两位医生上前给出了答案。格雷森医生带着一丝乐观的语气说道：“克莱特斯，手术结束后才过了几分钟。我们必须迅速采取行动来拯救你，而且时机非常关键。”

克莱图斯点点头，处理着这些信息。他的脸上闪过坚定的表情，他以坚定不移的决心转向泰罗。“如果还有时间，我相信我可以利用无限十八进入布巴的思想并拯救他。我们必须迅速采取行动。”

泰罗睁大了眼睛，充满了惊讶和希望。拯救他亲爱的朋友布巴的可能性是他们最近的损失中的一线曙光。他无法抑制内心的激动和感激。“你能做到吗，爸爸？那真是难以置信！”克莱图斯点点头，心中充满了决心。“通过 Infineighteen，我相信我们可以在我们的思想之间架起桥梁并拯救布巴。但时间至关重要。我们继续吧。”

带着新的希望和紧迫感，克莱图斯、泰罗和两位医生为他们非凡旅程的下一阶段做好了准备，因为他们知道他们有机会带回做出最终牺牲的朋友。

从灰烬中崛起

克莱特斯博士在被斯科奇博士捕获之前，几个月来一直在不知疲倦地研究这款神秘芯片，这是他一生研究的顶峰。他知道激活它是拯救布巴生命并让他回到家人身边的关键。当他站在被称为“Infineighteen”的宏伟机器前时，房间里充满了静谧的期待。儿子泰罗一脸担忧地注视着父亲的一举一动。

Cletus 博士：（自言自语）“机不可失，时不再来。这个芯片可以解决一切问题。”

Cletus 博士用稳定的手轻轻地将芯片插入 Infineighteen 底部的端口中。当他启动它时，机器嗡嗡作响，发出怪异、超凡脱俗的光芒。房间里似乎充满了明显的能量而振动。

Tyro：（焦急地）“父亲，你确定吗？看来……太冒险了。”

Cletus 博士：（回头看着他的儿子）“我一生都在研究这个，Tyro。这是我们拯救布巴并了解他发生了什么事的唯一机会。现在，退后一步。”

克莱图斯博士话音刚落，“叮咚”一声震耳欲聋的声音响起，他倒在了地上，失去了知觉。当泰罗冲到他父亲身边时，房间里充满了恐慌。

泰罗：（疯狂地）“爸爸！爸爸，你能听到我说话吗？谁来帮忙啊！”

包括格雷森医生和威尔斯医生在内的其他医生迅速赶到现场，并设法将克莱特斯医生抬到附近的病床上。当泰罗躺在那里失去知觉时，他知道自己必须保持坚强。在这个关键时刻，他的父亲已经给出了明确的指示。

Tyro：（坚定地对医生们说）“大家听着。我们需要立即进行布巴的心脏手术。我父亲为此做好了准备。你知道该做什么。我会留在他身边并监测他的状况。”其他医生，包括格雷森医生和威尔斯医生，都点了点头，带着一种紧迫感，他们开始准备将布巴的心脏固定在体内的精密手术。

格雷森博士：（专注）“我们没有时间可以浪费。准备好手术室，准备好设备。”

威尔斯博士：（检查设备）“他的生命体征正在减弱。我们需要迅速采取行动。

当医生们准备手术时，泰罗将注意力转回昏迷不醒的父亲身上，低声说着鼓励的话。

Tyro：（轻声）“你把我们训练得很好，爸爸。我们会拯救布巴和你。就像你说的，我们有十八分钟。我们不会让你失望的。”

倒计时开始了。在与时间的赛跑中，布巴和克莱特斯博士的命运都悬而未决。

当克莱图斯博士深入研究布巴的想法时，他发现自己陷入了错综复杂的记忆和情感迷宫中。穿越复杂的神经通路是一项艰巨的任务，但他下定了决心。过了似乎永恒的时间，他终于找到了边缘系统，布巴大脑的情感中心。

Cletus 博士：（自言自语）“我找到了。现在，建立连接并稳定它。”

Cletus 轻轻地启动了与边缘系统的接触。它以一系列生动、支离破碎的记忆作为回应。他可以看到布巴生活的片段，从童年的冒险到幸福和悲伤的时刻。

与此同时，在手术室里，格雷森医生和威尔斯医生精确而坚定地修复了布巴受损的心脏。房间里充满了医疗设备的柔和嗡嗡声和手术团队专注的声音。

Grayson 博士：（集中注意力）“请用手术刀。”

护士：“手术刀马上就来了，格雷森医生。”

格雷森医生以稳定的手继续进行精细的手术，而威尔斯医生则监测布巴的生命体征。

Wells 博士：（平静地）“稳定心率。

好的。我们正在取得进展。”

回到克莱图斯博士与布巴心灵相连的房间，泰罗看着父亲失去知觉的身体，心里既焦虑又希望。

泰罗：（轻声自言自语）“坚持住，爸爸。你已经得到了这个。布巴的心脏手术进展顺利，你也在他的脑海里，尽你的一份力量。”

时间至关重要。时间在流逝，他们都知道只有十八分钟的时间来拯救布巴和克莱特斯博士。这是一场与时间的赛跑，但凭借决心、技巧和父亲坚定不移的爱，他们决心取得成功。

当泰罗密切注视着他昏迷不醒的父亲克莱图斯博士时，思考者机器发出的奇怪声音提醒了他。机器显示屏上的读数表明布巴的思维频率发生了变化。泰罗很快意识到这是他父亲发来的信息。
Tyro：（兴奋）“爸爸发来的消息？里面发生什么事了？”

他破译了这条信息，就像布巴的脑海中一样，布巴父母尼丽莎和莫凡的全息投影出现在房间里，布巴的复制品正在进行温馨的互动。

Nerissa：（微笑）“布巴，亲爱的，你能听到我们说话吗？是爸爸妈妈。”

Morvane：（微笑）“我们和你在一起，儿子。”

布巴父母的全息人物感觉如此真实，蒂罗情不自禁地被这种情感联系所感动。

Tyro：（喉咙哽住）“这太不可思议了。爸爸、妈妈、布巴在跟你说话呢。”

Nerissa：（热情地）“我们是为他而来的，Tyro。我们非常想念我们的儿子。”

Morvane：（自豪地）“他是一名战士，就像他的老人一样。我们很快就会重聚。”

泰罗忍不住流下了欣慰的泪水。直播连接为布巴和克莱特斯博士提供了生命线，这是一个意义深远的时刻，以超越意识界限的方式将家庭团结在一起。

泰罗：（激动地）“谢谢你，爸爸，建立了这种联系。布巴需要见爸爸妈妈。这给了他力量。”

随着布巴的复制品与他父母的全息图像进行真诚的对话，泰罗重新燃起了确保心脏手术顺利进行的决心。他父亲和手术团队的共同努力是他们将布巴带回真正属于他的家庭的最大希望。

布巴发现自己坐在一个水晶般清澈的湖泊宁静的岸边，在他脑海中的广阔景观中。海水轻轻拍打着海岸，让人心旷神怡。当他享受着这片刻的宁静时，他的父亲莫凡走近了，脸上挂着温暖的微笑。

Morvane：（用温柔的语气）“布巴，我的孩子，这是一段相当长的旅程，不是吗？”

布巴：（点头）“是的，爸爸。我已经经历过

非常。”

Morvane：（坐在他旁边）“生活就像这些水，布巴。时而平静，时而动荡。但正是在这些宁静的时刻，我们常常能找到清晰度。”

布巴望着平静的水面，吸收着父亲话语中的智慧。

布巴：（好奇）“有什么秘密吗，爸爸？你如何在这一切中找到意义？”

Morvane：（沉思）“好吧，孩子，生活不仅仅在于你得到什么，还在于你给予什么。真正的意义在于你建立的联系、你分享的爱以及你对他人的影响。”

布巴听着父亲的话，眼睛闪闪发光。

布巴：（若有所思）“爸爸，通过这一切，我也明白了这一点。”

Morvane：（点头）“那是我的孩子。给予、无私的方式，才是真正的满足所在。当你能为某人的生活带来改变时，这是最有价值的事情。”

布巴：（感到感激）“我看到了很多人的爱和关心，包括你和妈妈。这就是让我继续前进的动力。”

莫凡：（自豪地微笑）“你也学会了坚韧、勇气和决心的方法，布巴。这些同样重要。”

当他们在布巴的脑海里继续进行衷心的交谈时，布巴感受到了与父亲的深刻联系。他明白生命的意义不仅仅在于一个人能够为自己获得什么，还在于他们可以对世界和他们所接触的人的生活产生影响。

布巴：（感到满足）“谢谢你，爸爸。我很幸运能得到你的指导，即使是在这样的时刻。”

莫凡：（充满爱意的拥抱）“我很幸运有一个像你一样坚强和富有同情心的儿子，布巴。我们将一起渡过难关。”

父子之间在布巴心灵深处的对话有力地提醒我们，他们之间的纽带具有持久的力量，以及他们分享的深刻的人生教训。它给了布巴所需的力量来面对未来的挑战，并从磨难中走出来，对生命的真正意义有了更深刻的理解。

布巴坐在宁静的湖边，感觉到背后有一个温柔的存在，他的心更加温暖了。转过身，他看到了母亲尼莉莎，脸上挂着慈爱的微笑。她在布巴身边坐下，他能感受到她拥抱的温暖。

尼莉莎：（温柔地）“哦，我亲爱的布巴。已经很久没有这样抱着你了。”

布巴：（热泪盈眶）“妈妈，我对你的思念之情无法用语言来表达。”

尼莉莎轻轻地擦掉布巴脸颊上的泪水。

Nerissa：（满怀深情）“我一直陪伴着你，我的爱人。即使我不能在你身边，我的心也一直在你身边。”

布巴：（感到安慰）“我感觉到你的存在，妈妈。这就是让我继续前进的动力。”

尼莉莎的眼睛里闪烁着爱意和母性的骄傲。

尼莉莎：（轻声）“你是我们爱的化身，布巴。你的力量和精神感动了很多人的心。”

布巴：（谦卑地）“我从你们俩身上学到了很多，妈妈和爸爸。生命的意义、奉献的力量、家庭的力量。”

Nerissa：（拥抱他）“我们为你所成为的人感到骄傲。我们将一如既往地为您提供支持。”

布巴、他的父亲莫凡和母亲尼莉莎三人坐在湖边，分享着爱、感情和牢不可破的家庭纽带的时刻。

布巴：（满怀感激）“有你们作为我的父母，我感到非常幸运。你的爱是我的锚。”Nerissa：（紧紧地抱住他）“你的力量就是我们的灵感，布巴。我们在这里指导您完成这一切，每一步。”

在这个深刻的时刻，家庭、爱和团结的力量变得更加明显。当布巴面对未来的挑战时，他知道父母坚定不移的支持和爱会帮助他度过人生的旅程。

神秘的神殿内，已经七十五岁的布巴手中握着石鱼。这座寺庙有一种古老智慧的光环和永恒的感觉。当他将石头触到眼睛时，周围的世界似乎发生了变化，一种深刻的理解涌上心头。

曾经是他的忠实伙伴的狗高兴地吠叫着，感觉到布巴体内正在发生的转变。令布巴惊讶的是，他开始听懂狗的语言了。忠诚的狗狗泰罗和他的主人一样感到惊讶。

布巴：（微笑）“蒂罗，是你！这些年你一直陪着我。”

Tyro：（兴奋地大叫）“布巴，真的是你！我已经等你了。”

当布巴与泰罗交流时，大量的回忆和故事涌入他的脑海。他们之间的纽带不仅仅是一种陪伴，更是一种真正的友谊和理解。

布巴：（泪眼汪汪）“蒂罗，这么多年过去了，发生了什么？我们的旅程将我们带到哪里？”

Tyro：（摇着尾巴）“我们去了很远很远的地方，遇到了无数的人，一起经历了冒险。你帮助了很多人，布巴。”

当泰罗讲述他们的冒险经历时，布巴带着一种成就感听着。他多年来一直致力于改变他人的生活，正如他的父母在他内心深处教导他的那样。

布巴：（感激地）“蒂罗，这是一次非凡的旅程，不是吗？”

泰罗：（一脸睿智）“是的，布巴。现在，您已经开启了理解的新篇章。圣殿已经向你透露了它的秘密。”布巴对他与泰罗分享的经历、寺庙赋予他的智慧以及父母持久的爱深感感激。当他们一起坐在神秘的寺庙里时，布巴的人生旅程仍在继续，充满了新的可能性和新的理解。

为了清楚起见，让我们回顾一下导致这一点的事件顺序：

布巴是克莱特斯医生儿子泰罗的密友，在格雷森医生和威尔斯医生的专家护理下成功完成了心脏手术。克莱特斯医生冒险进入布巴的思想，为他提供忍受手术所需的精神力量，尽管他不是布巴的父亲。他对布巴的友谊和奉献同样坚定不移。

手术成功结束后，布巴出院后情况稳定。泰罗如释重负，他用衷心的拥抱欢迎他的朋友回到这个世界。他们重聚的喜悦是显而易见的，布巴现在正在康复的路上。与此同时，从内心深处帮助过布巴的克莱图斯医生在手术成功后回到了基地。他在逆境中展现了爱、奉献和人文精神的不可思议的力量。

而对于造成威胁的反派斯科奇博士来说，克莱图斯博士则给予了决定性的打击。他摧毁了斯科奇博士的整个系统，并在一场戏剧性的对抗中击败了与斯科奇结盟的恶毒外星人。令人惊讶的是，外星恶棍斯科奇认识到了自己的错误，并与克莱图斯博士联手，这是救赎和对未来希望的标志。

随着布巴的获救和斯科奇博士的威胁的消除，克莱图斯博士成为了爱、决心和人类精神持久力量的象征。故事又回到了原点，人物们在逆境中找到了自己的决心。

结论

在逆境面前，人类精神的力量、爱的纽带、救赎的力量闪闪发光。布巴是一位有需要的朋友，他发现自己处于危险的境地，但他周围的人，特别是克莱图斯博士坚定不移的支持，使一切变得不同。

通过父亲的爱、熟练的医生和忠实朋友的坚韧，布巴的生命被挽救了。神秘的神殿、思想的疗愈力量、人界与异界的统一，为这段不可思议的旅程增添了一丝不平凡的色彩。

最后，这个故事证明了人类精神的不屈不挠的本质，在他人需要时给予和支持他人的能力，以及即使在最意想不到的地方也有救赎和转变的潜力。它提醒我们，无论面临什么挑战，爱、奉献和坚强的性格都可以带来胜利的解决方案。

关于作者

在担任**汽车工程师**、汽车工程（理工学院）和**计算机科学学院**（高中）**系前系主任的**职业生涯中， **Maheshwara Shastri** 为印度的多家私营公司、学院和学校贡献了自己的技能。他出身于一个简单的家庭，自幼丧父，与母亲、妻子和两个姐妹分享了自己的人生历程。

然而，在他职业生活的表面之下，马赫什瓦拉·沙斯特里（Maheshwara Shastri）对讲故事有着浓厚的热情。他一直渴望成为一名作家，最初写的短篇小说蕴含着深刻的人生道德教训。他的创造力是无限的，他经常沉浸在想象的王国中，在那里他梦想、旅行，并将他脑海中生动的风景转化为他的书页。最初只是一种爱好，现在已经发展成为一项成熟的职业。

作为一名梦想家和梦想家，Maheshwara Shastri 坚信，只要不懈追求，梦想就能变成现实。他的愿望之一是创作自己的动画电影，并设想建立自己的动画电影工作室。

目前，马赫什瓦拉·沙斯特里（Maheshwara Shastri）正在创作两本有趣的书。其中一篇题为**“诚实会让你付出一切”，**深入探讨诚实经常揭露的严酷现实。第二部是**《和平片》**，探讨了意识的深刻后果。

马赫什瓦拉·沙斯特里 (Maheshwara Shastri) 的作品经常围绕着自信和我们每个人内心未开发的潜力的主题。他强调，我们独特的能力是一个无法被夺走的宝库。通过认识和培养这些人才，我们可以掌握生活的艺术。

除了当前的项目外，Maheshwara Shastri 还撰写了其他几本书，包括

英文书籍

- **“黑点”**
- **“奇迹海岸”**
- **《走出竞技场：神秘的生命之地》**
- **“上帝之梦中的转折”**
- **《膳食 - 经理》**
- **“预判精度”**

卡纳达语书籍

- **’萨维纳切帕亚纳’**
- **“Naa Obba Writtarru - Baa Guru Pustaka Odu”**
- **“卡纳卡姆巴里·凯瑟”**

他的作品反映了他对讲故事的热情以及他通过文学创作激励他人的承诺。

虚构内容声明

本书、书中的人物以及书中描述的事件完全是作者想象力的产物，仅供娱乐。与现实生活中的个人、情况或事件的任何相似之处纯属巧合。作者想强调的是，本作品纯属虚构，与真实人物、活着的或已故的人或现实生活中的事件有任何相似之处均属无意。

本书中的名字、人物和事件都是作者的创造力的结果，不应被视为事实。任何对地点、组织或历史事件的引用都是虚构的，并不代表现实。

作者承认，现实世界是广阔而多样的，虽然可以从中汲取灵感，但这本书是一件艺术作品和讲故事的作品。读者在阅读其内容时应理解，它完全是虚构的，无意反映或评论现实生活中的情况、个人或事件。

签，

[马赫什瓦拉·夏斯特里]

29.09.2023

班加罗尔，卡纳塔克邦，印度

www.ingramcontent.com/pod-product-compliance
Lightning Source LLC
LaVergne TN
LVHW041854070526
838199LV00045BB/1598
9789360165284